まとまらない人

坂口恭平が語る坂口恭平

SAKAGUCHI KYOHEI

LITTLEMORE

これは僕がピカイチに元気だったときに（おそらくけっこうな躁状態だったんだと思う）リトルモアの担当編集者加藤基くん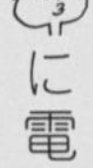に電話して「熊本に来て！ 依頼されてたこれまでの活動について語り下ろす本、うまく行きそうだから、すぐ来て！」って言って、呼びつけたときに熊本で一緒に街のいろんなところを歩いたり、お店に入って、友達を紹介したり、自分の家の書斎とかで３日間話しまくったときの記録をもとにしています。読み返したら、ちょっと言い過ぎだろってところもむちゃくちゃ多いです。でもこれが２０１９年のあるときの僕であることも間違いありません。楽しんでもらえたら嬉しいです。

坂口恭平

1978年、熊本県生まれ。早稲田大学理工学部建築学科卒業。2004年に路上生活者の住居を撮影した写真集『0円ハウス』(リトルモア)を刊行。以降、ルポルタージュ、小説、思想書、画集、料理書など多岐にわたるジャンルの書籍、そして音楽などを発表している。2011年5月10日には、福島第一原子力発電所事故後の政府の対応に疑問を抱き、自ら新政府初代内閣総理大臣を名乗り、新政府を樹立した。躁鬱病であることを公言し、希死念慮に苦しむ人々との対話「いのっちの電話」を自らの携帯電話(090-8106-4666)で続けている。12年、路上生活者の考察に関して第2回吉阪隆正賞受賞。14年、『幻年時代』で第35回熊日出版文化賞受賞、『徘徊タクシー』が第27回三島由紀夫賞候補となる。16年に、『家族の哲学』が第57回熊日文学賞を受賞した。現在は熊本を拠点に活動。2023年に熊本市現代美術館にて個展を開催予定。

著作一覧

2004 『0円ハウス』(リトルモア)
2008 『TOKYO 0円ハウス0円生活』(大和書房)
『隅田川のエジソン』(青山出版社)
2009 『TOKYO一坪遺産』(春秋社)
2010 『ゼロから始める都市型狩猟採集生活』(太田出版)
2012 『独立国家のつくりかた』(講談社現代新書)
『思考都市』(日東書院本社)
2013 『幻年時代』(幻冬舎)
『モバイルハウス　三万円で家をつくる』(集英社新書)
『坂口恭平　躁鬱日記』(医学書院)
『坂口恭平のぼうけん』(土曜社)
2014 『徘徊タクシー』(新潮社)
『現実脱出論』(講談社現代新書)

2015　『ズームイン、服!』(マガジンハウス)
『幸福な絶望』(講談社)
『FURUMAI』(エランド・プレス)
『家族の哲学』(毎日新聞出版)

2016　『抄訳　アフリカの印象』
(伽鹿舎、著・レーモン・ルーセル、イラスト・坂口)
『現実宿り』(河出書房新社)

2017　『発光』(東京書籍)
『けものになること』(河出書房新社)
『しみ』(毎日新聞出版)
『God is Paper』(ISI PRESS)

2018　『家の中で迷子』(新潮社)
『建設現場』(みすず書房)
『cook』(晶文社)

音楽集一覧

2012　『Practice for a Revolution』
(ゼロセンター、土曜社)

2015　『新しい花』(土曜社)
『ルリビタキ』
(「ユリイカ1月臨時増刊号 総特集坂口恭平」
青土社刊、収録)

2018　『アポロン』(felicity)

2019　『隕石たち』(土曜社)
『見ること聞くこと』(土曜社)
『tentacles』(土曜社)

もくじ

装画・扉絵（画集『God is Paper』ISI PRESS刊より）　坂口恭平
ブックデザイン　吉岡秀典（セプテンバーカウボーイ）

1

僕がしてきたこと

僕は集中ができない

僕は多分ただの器用な人なんだと思う。何かがしたいというのが、実はあんまりない。そして、何事にも集中できない。追求していきたいこともない。本当は集中して、追求して生きてみたい願望がある。でも、まったくできない。やろうとする気も起きない。ギターは弾いてきたけど、練習はまったくできなかった。若い頃からずっと。何か音楽を聞いて、それをコピーしてうまくなって、とかができない。やろうとも思わない。自分なりの弾き方みたいなものを見つけたら、それで終わり。今も歌を作ってるけど、別に進歩もしない。ときどき、好きな曲のコード進行をチェックしたりするけど、基本的にそういうものを記憶する頭がない。そのことをいつも不思議に思ってた。好きなのに、なんで僕は興味が持続しないのかなあって思って、好きなことに打ち込んでいる人を見て、よく憧れてた。すぐ違うことに興味が移ろっていく。そんな調子で今も生きてる。だから、一つのことで、何かを成し遂げるとかそういうことは一切考えない。憧れるけど、僕はまったく違う頭の構造してるんだろうな。そう感じてからは気が楽になった。もうなんでもいいから、朝起きて、興味を持ったことをやれ、と。それでやっていけるのかどうかわからないけど、不思議なことに僕の中の「アキンドくん（P226参照）」がなんとかしてくれてるから、僕はただ好きにやる。というわけで肩書きも、もはやなんだかわからない。でもとりあえずやってきたことを書いてみよう。

図面の引けない建築家

まずは建築家を目指していた。とは言っても建築士の免許とかは一切持っていない。試験を受けるという行為がそもそも苦手なので、受けるつもりもない。建築家と名乗るときはあるけど、実際に建築物を建てたことはない。モバイルハウスを何軒も建てたけど、あれは全部地面とくっついてないから法律上、建築物じゃないらしい。建築をやってるつもりはあるんだけど。図面は何度やっても引けない。学生のときも無理だったし、大学院のかわりに師匠の設計事務所にいたときも図面は結局引けずに、時間を持て余してた。そこで、研究室は当時地下にこもって設計してたから、周りから怪しまれていたので、研究室の名前でかわら版を作って配って、怪しいものではないですよって伝える仕事を任された。それも2号くらい出して飽きてすぐやめちゃったけど。あと、その設計事務所は当時カンボジアで寄付金をもらって建物を造っていたので、旅行者を募って、建設を手伝わせつつ、寄付金もいただくという謎のツアーを企画、募集、ツアーコンダクターみたいな仕事もした。カンボジアでは小説家を目指しているロンという青年と出会った。自分が小説家になるなんて考えたこともなかったけど、頭にぼんやり彼のことが残っていた。のちに出版した『建設現場』（2018、みすず書房）という小説ではロンという登場人物が出てくる。でも、建築家になると言いつつ、家では音楽ばかりやってた。宅録で歌を作ってた。

思いつきでカフェを開店

20歳のときに住んでた下北沢の家でカフェもやったな。チラシを自分で作って、駅前で配って、家で開店した。ドリンクメニューを書いて、家にただ入ってもらって、コーラとかソフトドリンクは缶ジュースと同じ金額もらって、弟に買ってきてもらった。チャイとインドカレーだけは、インド旅行で作り方を学んでたから作ってあげて、0円で提供してた。謎の0円カフェだった。と言っても1日だけだけど。思いついたときに、思いついたままのお店をやるってノリは今も変わってないと思う。そのときも料理するのが楽しかった。のちに『cook』（2018、晶文社）という料理本を作って、料理の仕事をするようになるとは想像できなかったけど。

郵便配達夫・シュヴァルへの興味

建築家になると言いつつ、僕が興味があった建築家って、普通に建物を建てる人じゃなかった。例えば、郵便配達夫だったフェルディナン・シュヴァルとか。シュヴァルは30年間も石を拾い集め、自力建設で石の宮殿を建てた。シュヴァルは僕のインスピレーションのもとだから、いつか僕も何か作るかもしれないけど。最近の日課は1日10枚原稿を書いて1日4枚絵を描くこと。日課と同じように、毎日少しずつ家を造ったりするのかもしれない。いつかホテルは作りたい。それはずっと昔からある。計画表も描いたりしてた。ホテルに関してはずっと気になってて、食っていけないときはワシントンホテルとヒルトンホテルで喫茶店のボーイとして働いていた。

人が喜ぶようなことをしたいからホテルマン／新政府

ヒルトンホテルで働いているときがとにかく楽しかった。僕はサービス精神の塊だから、とにかくサービスしまくる。ホテルは資本主義のど真ん中にいるようで、実はそこから一番遠いことも行われているんじゃないか？　もちろん、サービスしてくれたホテルマンを気に入って、ホテルに宿泊してもらうためなんだろうけど、僕はそんなこと気にしてなかった。損得勘定もまったく関係なし。ゲストの誕生日を記憶して、勝手に高級メロンをタダで出してあげたりして（僕は築地市場の果物屋で働いていたので果物に詳しい）、サービスに専念してた。マネージャーにはよく怒られてたけど、支配人には認められてて、マネージャー会議みたいなものに呼ばれて、これからのサービスとは？とかいうテーマで、英語で講義したりしたこともある。あれは一体、なんだったんだ？　仕事はできないけどサービスは超一流だった。そういうことをずっとやっていきたい、思いついたままに人が喜ぶようなことをしたい、って思ってた。それは今にもつながってる。新政府の立ち上げ（P177）にもつながってる。

学級委員長でリーダーで総理大臣

僕は、いっつも学級委員長だったし、小学生のときには「コンチキ」という名前のグーニーズみたいな集団を作ってて、そこのリーダーもしてた。暗号でやり取りして、ただ遊ぶだけなんだけど、帰り道に見つけた怪しい廃墟を調査したり。空き家だと思ったら水道メーターが回ってて、庭に勝手に作った秘密基地をボコボコにされたこともあった。そういう思いつきのままに新政府もやっちゃってる。何か考えて、じっくり練って行動するってことは一切しない。しないっていうかできないんだけどね。

新政府初代内閣総理大臣って名乗ってるけど、政府を他に立ち上げた人っていないよね。もっとみんなやればいいのに。もともと政府自体が適当な妄想なんだから。みんな妄想に真面目に付き合ってるようなもの。僕のやってることもバカだけど、同時に今の政府を信じて行動しているのもどうかと思う。

でも、責任ある行動はしたくない

と言いつつ、一人で部屋にこもって作業したくなるときもある。子供じみてバカみたいな行動をするのも僕だけど、正反対に一人で黙々と作業するのも好き。やりすぎると鬱になるからほどほどにしとかないといけないけど、毎日、午前中だけは、とにかく文章を書いてる。作家、小説家って肩書きを名乗るときもある。本なんか今でもほとんど読んでないのに。読んでも数ページ読んだら飽きてしまって、それ以上どうしても読めない。書く訓練とかはまったくしてない。僕はいつも練習しない。なんでもそうだけど、すぐ本番で試す。どうせ飽きるかもしれないから。そして、思いついたときにやると体の調子がとてもいい。毎日、違うことを考えてるから、地道に積み重ねるみたいなことは全然向いてない。ただ思いついたときにやる。飽きたらやめる。責任も取らない。そういう状態で生きていたら、快活に過ごせる。だから、できるだけ責任を負わなくちゃいけないことからは逃げる。家族を作ったからそれなりにやらなくちゃいけないこともあるけど、家族も形はいろいろだから。僕はむちゃくちゃなのかもしれない。でも、子供たちは元気に育ってるから、ま、いっかと思ってる。会社には通えない。団体も組めない。おかげで責任ある行動というものはほとんどしなくて済む。あとはただ好きなことを書いて、好きに絵を描いて、歌を歌うだけ。まったく信用できない人間だけど、だからって生きてる意味がないわけでもないし、信用が必要とされなければ問題ない。僕の場合はとにかく好き勝手にやれないと無理。とにかく体がおかしくなってしまう。すぐに躁鬱病が発動してしまう。だからどうにかして好き勝手な状態が実現できるようにだけ力を入れてる。それでもやっていけるもんだよ。法律で取り締まられて、刑務所に入ったら辛いから違法なことはやらないけど、とにかくコントロールされるのが嫌だから、刑務所に入らないなら、思いついたことは全部やってみる。そうやって体の調子を整えてる。

とにかく器用。言ってしまえばそれだけ

だから肩書きっていうと、なんだろ？　作家、建築家、音楽家、画家、料理家。最近は編み物もハマっててセーターだけを編み続けて展示もしているので、編み物作家。織物もやってるから織物作家。ガラスもやってるからガラス作家。ＣＭ音楽や子供が通ってる幼稚園の園歌も作るから作曲家。詩も書くからね、詩人。人前で

話す仕事もするし、柳家三三さんの前座もやったことあるから噺家。陶芸もするから陶芸家。この前は雑誌「ブルータス」で花も生けたから華道家でもあるね。インタビューをするのも得意。もう何がなんだかわからないけど、とにかく器用。言ってしまえばそれだけ。何か一つ秀でてるものがあるわけでもない。どれかで一番取れるわけでもない。そもそも人と競争するところにいない。競争するところって舗装されてるオフィシャルな場所であることが多いから、「責任が……」とかなんとか言われる。あとコンスタントに仕事をすることがまったくできない。だから人のことは、無視。認められたり売れたりすると、また違う「責任」が登場するから、そこからも潜んでおく。全然違うところにいる。プレッシャーにも相当弱い。自殺を止めるために、いのっちの電話(090-8106-4666)を僕は医者のつもりでやってるけど、もちろん免許は持っていない。医術家とか言い換えればいいのかな。お金もらったらああだこうだ言われるから、とにかくそういうものはすべて無償でやる。無償でやるなら、誰だって、なんだって、免許なんか必要なくできるよね。とにかく許可が必要なこの世の中が嫌いでね。目を見りゃわかるでしょ、と思ってる。人にはおすすめできない方法だけど。本当に適当だなあって自分のこと思うんだけど、同時に、なんでもむちゃくちゃ敏感に感じちゃうってことでもあると思ってる。だからすぐ疲れる。

晩年様式で好き勝手

ときどき、芸術家で晩年になってなんでも好きにやっていく人いるでしょ。ピカソも晩年はむちゃくちゃ。でもそこがいい。僕は晩年の方法、レイトスタイルっていうのかな、そういう方法で今を駆け抜けているつもり。もうおじさんだけど。一切の責任から逃れ、自分とはこういうものだという自覚からも逃避して、つねに知らないことにトライしたい。小学3年生みたいにスポンジだから、どんどん吸収しちゃう。基本的に素直ではあるから、飲み込みも早い。それでパパッとやって、作って、それが売れたら儲けもの、でも売れなくても全然構わない。僕にとっては健康であることが一番の富だから。路上生活者の生活の研究者でもあるから、お金が0円になったとしても気持ちよく好きなことやって、生き抜く方法は知ってる。もうなんとでもなる。死後発掘されるはずの仕事を、晩年様式で好き勝手にやり続けてる。今、41歳だけど、98歳くらいまで生きるとしたら、晩年があと50年以上も続くんだからすごいよね。みんなも晩年だと思って、どんどん下手な創作はじめたらいいのにって思う。認められるとか評価されるとか売れるとか金が入るとかダサいでしょ。すぐ鈍くなる。それで買えるもの買えても、アトリエ広くなっても、どうせつくらない。そこで満たされても楽しくない。満たされるなら、形に見えないものでないと。三次元で確認できるものを手に入れて嬉しかったことなんか一度もないしね。もっと多次元の物欲ならあるよ。直感を思うままに操りたい！とかね。未来を予知したい！とか。空を自由に飛び回りたい！とか。

『悲しき熱帯』でしっくりくる肩書きを見つける

いろんな肩書きはあるけど、どれも自分には合ってないと思ってたんだけど、レヴィ＝ストロースっていう人類学者が書いた『悲しき熱帯』という本の中である日、見つけたのよ。もちろん、僕なりの読書。パッと好きなページ開いて、そのページだけ読むという読書法。これが、僕占い師なんじゃないかってくらいよく当たるのよ。あ、僕、今度、病院作るんだけど、そこでは薬を処方するかわりに、僕が適当に本を開いて、そこで見出した言葉を、ページを破って処方しようと思ってる。そして、来てくれたその人のいいところ、とにかく長所を見つけるのが僕は天才的にうまいんだから、たくさん書いてあげるの。僕、書家でもあって、とにかく字が上手だから書いてあげる。きれいな字って、活字と違って読んでるだけで健康になるからね。幸せになるっていうか。それはまあ、いいんだけど、『悲しき熱帯』の文中に気になることを見つけたのよ。それは少しずつ核心に迫っていく方法で、見つかっていくんだけど。

僕は自分のことを一人の人間だと思っていない

まずこんな文章を見つけたの。それこそ僕がそのあともなんども読み返すことになる、『悲しき熱帯』第7部「29　男、女、首長」という章の中の言葉。以下引用はレヴィ＝ストロース『悲しき熱帯　II』（川田順造訳、中公クラシックス）から。

首長の政治力は、共同体の必要から生まれたものではないように思われる。むしろ集団の方が、集団に先立って存在している首長になるかもしれない男から、集団の形や大きさや、さらには形成の過程など、一定の性格を授けられるのである。

共同体がまずあって、そこから首長が誕生するわけじゃない。首長になるかもしれない人間から、多次元的に漏れていく時空間によって、そこで暮らすことになる集団が形成されていく。つまり、集団とは人が集まっている状態ではない。それは一人の人間の周囲に集まってくる人間のこと。それって、僕が考えてることに似てるなって思った。僕は自分のことを一人の人間だと思っていない。僕だけじゃなくて、その周りの人間、さらに人間だけじゃなくて、石も地面も風も植物もつまり、その周囲の空間、建築すべてが、自分だと。しかもそれは自分ですらないと思ってた。つまり、それは共同体そのものなんじゃないか。僕＝共同体ってことなんじゃないかという妄想とこの文章がピッタシカンカンになったわけ。ま、もちろん、こんなこと口にするわけにはいかないけどね。ただの躁鬱野郎の勘違い、妄想でしかないから。でもね、本ってのは素敵でね、ここで書くことができる。これはフィクションだろうがノンフィクションだろうが、僕はどちらでもないと言い続ける。それが本のすべてで、夢と現実が一つになってる。間にあるトンネルが貫通してる。それは人が読んだ瞬間だけなんだけど。人は一人で本を読む。僕もあるとき一人でレヴィの本を読んだ。そうやって、出会うことが面白いよね。本当に、文章を書く人間として生きててよかったと思うのは、そういう文章を、逆に読んだとき。つまり、僕＝共同体＝レヴィ＝ストロースって思えた瞬間が嬉しい。

レヴィ＝ストロース先生は僕のことを書いている？

いや、この噺は少し脱線してきてる。僕は自分の肩書きのことを考えていたのであった。でも、なぜか共同体のことに目がいった。それも注目すべきことだと思った。

そして、今やってる、選挙を元にした政治は、共同体にとってはまったく間違っていることがわかった。だって、共同体があってそこから誰かが選ばれるんじゃないんだから。もう腐ってるのは当然。誰も首長になるべき人間がいないんだから、集団が形成されるはずはない。ふむふむ面白いなあと思った。

そして、気になったところを見つけたら、あとは僕でも少し読み続けられる。ちゃんとここを聞きなさいってレヴィ＝ストロース先生が言ってるはずだから。予備校のネット動画みたいな感じで、そこだけ早回しして耳をすましてみる。

どのようにして首長は、これらの義務を果たすのであろうか。権力の武器として、まず第一に、そして最も重要なのは気前の良さである。

これを読んでまたびっくりした。僕の特徴を一言で言うと「気前が良い」だ。自分で言うのもなんだけど、絵を格安で売り渡したり、いのっちの電話を無償でしたり、新政府を立ち上げて無償で避難所を提供したり、基本的に、人からの依頼には無償で対応する。人から文句言われないようにするため、と僕は言ってきたけど、0円という方法は、気前が良いと、言い換えることもできる。なんかゾクゾクしてきた。読書って楽しいじゃないか。こういう文章ばかり並んでいるならいつでもずっと読書できるよ。そして、さらに読み進めると、びっくり文章がまた出てきた。次は225ページ。

器用であることは、知的な面で気前が良いことである。

えっ！　確かに！
器用貧乏な坂口恭平は「知的な面で気前が良い」。僕は、もともと気前が良い。金銭的な面でも精神的な面でも知的な面でも、とにかくあらゆる角度から見ても、総合的に気前が良い！　もうそこからは先生は僕に向けて言葉を放っているようにしか聞こえなかった。

僕は首長なのかな？

良い首長は、物事を率先して巧みにやって見せなければならない。

はい、先生。確かにそうやって生きてきました。今や、なんでも恐れもなしに、もちろん躁鬱病ってこともあると思うんですが、元気なときは恐怖心がカットされるので率先して取り組むことができます。しかも、僕、ムッチャ器用っす。できないことは一つもないと思います。なんでも良い感じにできます。

野生ゴムの球を作るのも、やはり首長である。

もちろん、簡単に作れると思います。任せてください。

首長はいつでも、群れの人々の気晴しになり、日日の生活の単調さを打ち壊すことができるように、上手に歌ったり踊ったりできる陽気な男でなければならない。

ああ、もうそれ全部できます。先生、この本って僕のために書いてくれてるんですか？　当てはまるところが多いというか、むしろ、これ僕以外に誰かいるのかって思っちゃいます……すみません、調子に乗って。

首長は同時に医療師で、また呪術師でもある。

まじっすか……いのっちの電話やってます！　しかもその電話で相談されるたびに、坂口さんって占い師みたいです、なんでわかるんですか？とかよく言われたりします。だから、呪術師もいけるんじゃないかな。

首長は同時にシャーマンであり、前兆の夢や、幻影や、忘我の状態や、人格の分裂などに関わりをもっているのである。

ああ、もうそれ全部僕です……分裂も大事なんですね。なんにも考えられず自分が何もわからなくなっても、忘我の状態でいたって、いいんですね。よかったです。

ほっとしてきました。なんだか安心感のある文章ありがとうございます。

僕は首長なんだ

肩書きのことを話してたら、レヴィ＝ストロースの『悲しき熱帯』の文章と出会い、しかも、僕は自分が首長、つまり、僕はこっちの言い方が好きだから使うが、「酋長」であることがわかった。肩書きに悩んでた理由は、それが酋長以外にないからじゃん、と思って、僕は「酋長入門」という、自分が酋長になるまでの道を本に書くことにした（すぐアキンドくんは、形にして金を稼ぐことを考えるので、編集者にすでに売り込んで、連載を書くことになった。なので、ここから続きはそこで。楽しみにしていてください。死んだはずのレヴィ＝ストロースに、死者の精霊として本の中で出会った坂口恭平。そこでの対話からこの物語ははじまる。アイヌ、沖縄、そしてモンゴルからアマゾンへ。新しい共同体とは何か？　自らが酋長であると自覚した坂口恭平が、現実の世界、夢の世界を行き来しながら、酋長になっていくまでの新時代ビルディングスロマン。乞うご期待）

首長なんだから、小説も音楽もビジネスもする

ということで、僕の本当の職業は首長、酋長なんだと思う。酋長は、占えなきゃいけない、まじないができなきゃいけない、踊れなきゃいけない、そしてテキストを集まってきた集団に伝えるためには、音楽をかき鳴らして、歌えなきゃいけない。テキストを読み上げて、人を適材適所に配置しなきゃいけない。そして気前がよくなきゃいけない。気前がいいってのは、精神の器用さを表すっていうこと。唯一器用でなきゃいけない職業は酋長ってことですね。僕は、こういう文章を見つけんのがうまいんだよね（うまいっていうのか？　思い込みが激しいとも思ってる）。つまり僕には小説を書いて、言葉を作る理由があるってこと。首長なんだから小説だけ、音楽だけ、ビジネスだけじゃダメ。小説家は小説一つでいいけど、僕は小説家以上のことやらないと。首長、酋長なんて、今いないでしょ。僕が酋長だ。

みんな首長だったのに……

でも、みんなやってたんだよ、ほんとは。ちっちゃい頃を考えてみたら、歌って、踊って、絵描いて、ってことをずっとやってたはずでしょ。ところがみんな少しずつやらなくなる。やらなくなるっていうよりも、いつのまにかできなくさせられていく。それが僕は気になってしょうがない。社会ができなくさせる、っていうことだよね。一貫性がない行動をしてたら、おかしい人って言われるでしょ。でも一貫性があるほうがおかしいと思うんだよね。それは僕の体質が分裂し続けてたから、そう考えるようになったのかもしれないけど、みんなだって多かれ少なかれ分裂してるはずだよね。本当は毎日、やりたいと思うことは違うはず。考えていることも毎秒変化してる。でもそれをそのまま素直に出して、生きていくのはとても難しいように思われてる。いつのまにか、自分はどんな人間だっけ?と決めて、その道に沿って生きるようになっていく。でも、本当は違うはずで、毎日変わる。躁鬱病と診断されてる僕はその度合いが強すぎるのかもしれない。だから、なんでもやってしまう。すぐに飽きるけど、また別のことをはじめる。他に何かができるような気がするんだよね。こういう人間だって固まってしまうと、息ができなくなるような気がする。だから、どんどん分裂して、そのおかげで、いつも素人くさい。技術があるわけでもなんでもないから。でもなぜか手を動かそうとしてしまう。やってみたら、意外となんでもできちゃうわけ。あ、これもできる、あれもできるんだって、気づくと、それだけで、風通しがよくなって、健やかになる。初めてやるときが一番楽しいからね。僕は多分、なんでもずっと初体験をし続けたいんだと思う。それができることがわかって、仕事になって、毎日やらなくちゃいけなくなったりすると、すぐにうなだれてしまう。結局、やらなくなる。でも、それだと食えなくなるとか言われるだろうね。でも、行動を起こさないようになっていくとにかく窮屈で、いてもたってもいられなくなる。本だって、いつも何を書くのかさっぱりわからないまま、ただ思いつくままにやるだけ。絵もそう。同じことやろうとすると、体がおかしくなるから、必然的に本や絵でも毎回、全然違うことを試したほうがいいってわかった。おかげで、僕がどういう本を書く人なのか、絵を描く人なのかってのはわかりにくくなる。そうすると、売れない（笑）。でもお金のためにやってるわけじゃないからね。僕は自分なりに健康でいようとしていて、それが僕の目的なんだよね。ちょっと変かもしれないけど、自分なりに健康体で生きる。そして、これこそが抵抗運動だと思っているんだよね。抵抗する相手は、国家とか、権力とか、社会とかはよくわかんない。そういう目に見えたものじゃないね。もっと空気みたいなもの。それが僕が言ってる「現実」ってことかもね。

スピリットをみんな恐怖している？

突然思いついたり、突然行動したり、目に見えないものを形に出そうとしたり、聞こえないはずの音に耳をすましたりすることに対して、そんなことするなって無言の抑圧を感じる。本当は見えないものに突き動かされることにみんなは、恐怖を感じているのかもしれない。例えば、建物を建てるときには地鎮祭があるでしょう。スピリットに対して鎮まってくれって言ってるわけ。人間のやることって、やばい。「すみません！　鎮まれ！」って言って、生贄を捧げたりしてたわけじゃん。僕だったらそんなことする前に建築するのをやめるけど。

僕の中にもスピリットがいる。それが押さえつけられることを避けて、自分をちゃんと持ち上げて、ちゃんと自分ができるように僕はしてる。自分ができることをして、錆つかせない。永遠に続ける。僕はスピリット、精霊を見てる。そのスピリットは音楽とつながる。地面を歩いててもスピリットを感じる。そういう作家がいないね。石牟礼道子さんがそうだった。今は本当の意味でスピリットを感じる作家がいない。なんて考えるときもあるけど、すぐにそんなこと偉そうに言って何様ですかって突っ込む自分もいる。自分が何もできない、現実にも対応できないさまよっている人間だって思うときもある。そういう内省でずっと揺れてる。揺れてるままに行動を起こすから、脈絡がなくなるし、いつも自分にもわけがわからないんだろうけど。人間として生きていくには、何か一つの人間像に固めないと大変だなと思う。そういう状態に憧れもある。僕はいつも揺れてる。揺れて隙間だらけで、何かいろんな言葉や自分のものじゃないはずの記憶が風みたいに入り込んでくる。いつも崩壊しているような状態なのかな。毎日パニックになってる。だから毎日何かつくってるってことでもある。毎日、何かつくり出せば、それが自分の体から出てきたものだって、自分を確認できると思っているのかな。とは言いつつ、出てきたものを見て、いつも、なんでこんなものが出てきたのかって、僕はまたわけがわからなくなる。だから、また別のものをつくる。でも、それも自分じゃないと思う。どんどん泥沼にはまっているような気がする。僕、こんなことやってていいのかな、と思うんだけど、つくったものを近くにいる人に見せると、興味深そうに堪能してる。つくりたいという気持ちは体の中に満ち満ちているんだけど、何をつくるのかはまったく頭にない。その気持ちだけでやってる。

健康ってなんだろう？ 病気とは？

そうやって、自分の健康を作り出そうとしている。遊んでいるように見えるかもしれないけど、僕にとってはこれこそ政治的な行動なの。現実はスピリットに蓋をしようと、あらゆるものをアスファルトで埋め尽くそうとしているように感じるから。手を動かして何かをつくるって行動は、つるはしでそのアスファルトをはつってるみたいなもので、だからこそ手の動かし方も一つの方法じゃダメで、いろんな道具を使って、どんな状況にも対応できるようにしておく必要があるんだと思ってる。だから僕は自分のほうが自然なやり方なんじゃないかと思うときもある。

いのっちの電話にかけてくる人は、それこそ毎日会社に行くことができるかどうかという点で見ると、確かに健康ではなく、社会からは病気だと思われているかもしれない。でも、話をしていると、詩を書いていたり、音楽に対してとても敏感な感覚を持っていたりする人も多い。でも、自分で何かをつくれるとは思わないって感じてる。別にみんなが何かをつくることで食っていける社会になればいいと思ってるわけではないんだけど、話を聞いたり、実際につくった作品を見せてもらうことにしている。それこそが必要だと思うんだよね。つくったものを通じて、他者と少しでも触れ合うだけで、何かが変わっていくのを僕はいつも目の当たりにしてる。つくると言っても、商品をつくろうって言ってるわけじゃなくてね。体の内側から何か出てきてるのよ多分。みんなそう。それを抑え込むと、一人の人間が誕生する。でも、毎日、揺れて輪郭線がぼやけて自分がなんなのかわからないと困ってる僕からすると、そうやって一人の人間として生きていく方法じゃうまくいかない人もいる。うようよ体の内側から出てきているもののせいで、苦しくなって死にたくなってるんじゃないかって思う。しかも、それでつくろうとするんだけど、つくっても、つくっても、自分は確立されないからね。経験談としてわかる。どんどん揺れていく。それも大変。だからどっちにも行けなくなったとき死にたくなるのかな。僕は揺れて、つくっても自分のものだと感じられない、でも、そういうふうに自分を確立することを諦めるっていうか、そうじゃない道があると感じたとき、そこに新しい健康の芽を感じたけどね。

抵抗運動＝躁鬱病の養生法

手を動かすことは、はじめは、僕の持病の躁鬱病の養生法だったんだけどね。できることをどんどん増やしていく。これが一番の抵抗運動だと思う。不思議だけど、つながってるもんだね。病気というのは、体にでも社会にでもとにかく危機が迫ってる警告ってことなんだろうね。症状が出たときにどうするか。薬で治すのもいいけど、僕はやっぱり自分でやり方を見つけたい。人間ってやっぱり人それぞれ違うから。対処法もやっぱりそれぞれ全然違うはずなんだよね。僕が見つけたのは、毎日自分が興味があることを見つけて、それをそのままやるってこと。決められたこと、人から頼まれたことをそっちのけにして、とりあえず自分のアンテナが動いたことを、自分の体を動かしてやってみる。あれもこれもやってみる。やってダメなら他のことを試す。そうやって気づいたら、できないことなんかほとんどないってわかった。なんでも手当たり次第自分でやってみる。自分の手でできることを増やしていく。そして、一応、完成のめどがついたところで、人に手渡す。完成する前に契約するというやり方がまったくできない。約束できないってことだから、仕事にはなかなかならないと思いきや、つくる速度は速い。だって仕事でやってないから、生理運動としてやってるから、速い速い。だから、約束して仕事をするより結局スムーズに事が進む。実際、雑誌「ポパイ」の連載は7年も続いてるし、ANAの機内誌「翼の王国」の連載は不定期だけど10年も続いてる。執筆も2004年に初めて本を出して以来、15年もずっと続けてるし、また今も本を作ってる。もう25

冊を超えてる。「飽きっぽくないんじゃないのかな、むしろ、永遠に続けられる人に見えるけど」って人から言われた。僕は飽きっぽい、毎日、違うことを考えてしまってる、やることがすぐ変わるって自分では思ってるんだけど、遠目で見たら、なんかずっと動いてるっていうふうに見えてるらしい。変な感じだ。確かに僕の思い込みかもしれない。自分の記憶がうまくつながらないから、ただそう感じているだけなのかもしれない。躁鬱病のせいなのかなんなのかわからないんだけど、躁状態のときは鬱状態のときの記憶が完全にゼロになっていて、反対のときも同じようになってる。定期的に記憶がなくなるから、僕自身はいつも焼け野原みたいなところから耕すことを毎度はじめてる感触なんだよね。毎日、物を初めて見るような感じ、って言うと、へえ、そんなに新鮮に物事が見られていいね、と言われるんだけど、僕としては不安でしかない。だからつくろうとしても、基盤になるようなものがすっかりなくなってる（と僕は感じてる）。つくろうとしても、何をつくったらいいのかわからない状態、手も足も出ない状態、つくりたいという気持ちだけが満ちて、あとは何もない状態。でもそのまま手を動かさずに何もしないでいたら、本当に何もなくなってしまいそうで、狂ってしまいそうだから、正気を保つために、何もアイデアがないのに、手を動かすしかない。そうやって、僕はつくってる。つくってる人って、もっと創造力に溢れて、つくりたい形も見えてて、やる気満々かと思ってたけど、僕はそれとはまったく違って、何もない状態、ほっとけば何もしなくなる状態、先も見えない状態、そもそも技術もない状態、でもつくりたいという気持ちは溢れてるというヘンテコな状態でつくってる。やってないと、死にたくなってしまう。でもそれって死にたいんじゃないよね。多分つくりたいんだよね。

「何をしたいのかわかりません」って本当かな？

誰だって実は僕みたいに、思いついてるんだと思うんだけどね。実はつくりたいと思ってる。「何をしたいのかわかりません」っていのっちの電話でも口にする人が多いけど、それは「何をする職業になりたいのかがわからない」ってことなんだよね。そんなのわからなくて当たり前で、そんなこと言ったら僕なんか今もまだわからない。わかったことがない。何をしたいのかはわからない。そんなの口にできたら、もう何もやらなくなるんじゃないかとすら思ってる。でも、何か感じてる。感じてることは確かで、感じてることは言葉にもできないし、具体的な形にすることもなかなかできない。僕も小説を書きたいと思って書いているわけじゃない。ちょっとおかしいのかもしれないけど。小説家になりたいって思って、それで書いている人を見て、いいなあって思うこともある。よくわからないものが体の内側から出てきてるだけ。それをそのまま放っておいたら、体がおかしくなりそうで、だからつくって外に出すしかない。でも大抵はどうやって出すのかわからない。だから何も考えずに手を動かすしかない。自分が知覚する前に、手とか体全体のほうが先に知覚してるってことなのかね。本当に自分はあてにならない。苦しいとき、それはみんなにも起きてることだと思うんだよね。何をするのかって考えるよりも、そっちに目を向けてみたらいいと思う。何かに苦しんでいるってよりも内側から何か出てるかもしれないってこと。外に出せなくなって苦しんでるんだから、外に出してあげる。これは後に出てくる橙書店の田尻久子ちゃんに鬱で苦しんでいるときいつも言われることだ。どうやって外に出すかはわからない。だから、いろいろ試してみるしかない。

現実さんのためにも、つくる

現実は、ここにあるものと違うものが表に出てくるのを恐れる。出てきたら、壊れちゃうかもしれないから。だからできるだけ、それぞれの人間の内側にあるものは外に出さないように、無意識に抑圧していくんだと思う。でも、現実だって一つだけなわけじゃなくて、実は無数に存在するんだから、そう実感できたほうが窮屈じゃないと思うんだよね。現実さん自体もそう感じてるはず。だから現実さんの健康のためにも、ここにないものがどんどん具現化されていったほうがいいんじゃないかな。だからつくるんだよ。つくったものが評価されて、それで食っていくためにつくるんじゃない。「私はたった一つの現実なんです」と言い切ろうとしている現実に対して、そうじゃないでしょ、と声をかけるためにつくる。そうやって考えると、自分だけの問題じゃなくなってくる。

手当たり次第の行き着く先は「声」

今僕は、中でも小説を書くことに一番注目していると思われているかもしれない。でも、歌も出している。それは、なぜかといえば、書くことと同時に語り部でありたいと思ってるから。小説でも、歌でも「声」を出そうとしてるんだよ。最終的な僕の目標は、声だけにいこうとしてるみたい。書き残すことだけが僕の天命じゃない。むしろ作家すら天職じゃないってことが判明してきた。一切書くつもりもなくなるのかもしれないし、だから、一切ストップせずに書いてる。全部渇れろって思って書いてる。いちばんエッジでやってる自覚はある。

「おい!」(すれ違う友人に軽く手を挙げ声をかけるような朗らかなトーンで)って人に声かけるくらいの声を出したい。僕はああいうものの価値を、見出してる。それで人は元気になる。いのっちの電話で僕の声聞いただけで、泣いて、電話切るんだから、みんな。「だいじょぶだいじょぶ、また電話してね! ばいばい」って。それだけ。感じのいい先輩みたいなもん。「おう、恭平!」とかあの感じ。「お!」とか大事だから、そっちに向かっていきたい。

先輩として声をかけてあげる

いのっちの電話で、死にたそうな人がいた。彼、セックスしてなかったらしくて、童貞で、じゃあ、一緒にソープ行こうぜって誘ったの。「話聞いたらちょっと気になってきました」とか言いだして。熊本の店が4万5000円だって教えたら、「じゃあがんばって働いて、お金たまったら、恭平さんの分も出します」とか言ってくれた。なぜか僕の妻のフーも「いいわよ行って来なさい」だって。「OK出ました！　行こう。それから死のうぜ」って話したら、「やばいっすね、死にたくなってきました」だってさ。「おまえ、こういうこと言う先輩みたいなのがいればさ、それで大丈夫なんじゃないの？」って言ったら「そうっすね。先輩になってください」って。いのっちの電話はそんなことばっかり。みんな仲間がいないだけなんだから。話したやつら全員僕を裏切らない。なかなか今いないよ、裏切らないやつって。

僕は福の神なんだと思うよ。一緒にいると、なんか、あったまるんじゃない？　焚き火みたいな。何かやってるわけでもないのにね。ただ、分け隔てはないけどね、人に対して。だいたいどんな人にもシンパシーを感じる。もちろん、声が入っていかない人も10人に一人くらいはいるよ。それは他の機関を頼ったほうがいいかもしれませんって伝える。「見捨てるんですか！」って言われるけど、いやいや僕にもやれることとやれないことがあるから。でも10人に一人くらいだから、いいでしょ。その人にとっては、全然救いにはなんないけどさ。でもそういう人の電話も出るよ。ただ、僕は毎回言うよ。違うところに電話してくださいって。そうやって何度も電話してる人もいる。とにかく来るもの拒まずでやってます。

相談は、メールじゃなくて電話がいい。声以外にないんじゃない？　大事なものって。この本のテーマもほんと言うと、声でしょ。言語化できないものを言語化する。つまり僕の声色とかをいかに定着させるか。この本だって録音も聞けるようにしたほうがいいなと思ってる（P280）。そしたら嬉しいじゃん。

と思ってたらいのっちの電話がかかってきた。

いのっちの電話1

「はい、もしもし」

「坂口さんですか？」

「はい。坂口恭平ですよ」

「散歩してみましたよ」

昨日の夜、電話してきた人だった。鬱になってずっと家にこもってて、死にたくなっていた。でも1日ぐったり寝てるというわけではない。一応、体は起こそうと思えば起きる状態。でも、外に出ると近所の人と会うかもしれない、そう思うと怖くなって外に出ることができない、と。僕も鬱になるとまったく同じ状態になるから理解はできる。しかし、外に出ないと、体の調子はいつまでたっても楽にならない。僕の場合はそうだ。こういうとき僕は車に乗って、知っている人が全然いない場所にまで行って、そして散歩をする。まあ、なんとも情けないなと思うのだが、それでも歩けないよりはましだ。朝ご飯を作って、そのあと歩いてみよう。そして、そのときの気分が今までの絶望的な状態からどれくらい変化したかチェックしてみようと伝えると、彼女もやってみると言って電話を切った。

「うん、うん、うん。いいね。行動できたじゃん。で、どれくらい歩いたの？　2時間歩いた？」

僕は2時間歩くと、ちゃんと熟睡できるので、それは伝えといた。

「2時間はさすがにきつくて。でも1時間歩きました」

「いいじゃない、いいじゃない！　それで、心地は悪くなかった？」

行動する前と行動したあとの心地よさの違いを確認してみると、その行動が自分に合ってるかどうかがわかる。

「いや、不安がどーっと押し寄せてきて」

「不安よね。わかるわかる。あるよね。景色がちょっと色あせてね」

僕も鬱のとき歩いていると、ドヨーンとしてくる。いつも「気が遠くなる」と表現するのだが、歩きながら具体的なことは何もないのに、とにかく不安が襲ってくる。そして、景色が全部灰色に見えて、その色からまた陰鬱な空気を全身で感じ取ってしまって、いてもたってもいられなくなる。でも、家の中でそうなってしまうよりも実は楽である。家の中ではいてもたってもいられなくなっても身動き取れないので、どんどん息苦しくなるが、散歩だったら、いてもたってもいられなくなったら、そのまま急ぎ足で歩きまわればいいので、実は体の要望には応えていることになる。

「んー、それで何か見つけた？」

散歩中は悪いことばかり考えてしまうので、そうじゃなくって、なんかいいなあって思ったものを見つけて写真に撮ってみたらと伝えていた。こういうときは自分で考えられないので、やることを他者が横から言ってあげたほうがいい。鬱のときはほっとくとすべて悪い方向に考える。悪い予感ばかり追い求めてしまうので、そうじゃなくて、気持ちのいいことを見つけるように少し誘導してあげたほうがいい。

「ああ。パンジーの花がきれいでした」

「写真撮った？」

「撮りました」

「いいね。触れた？」

「触ってみましたよ」

「よーし。で、あとは？」

「ホットサンドを食べました」

「自分で作ったの？」

「いや、作れなかったので、買いました。おいしかったです」

「おいしかったらオッケー。じゃあ、次の課題を出していいですか？」

「課題ってなんですか？」

とにかくやることを一緒に考えつつ、提案してみる。そのあと、報告してもらって、話し合う。このやり取りが意外と効く。いいことも悪いことも伝える人がいないってことが鬱の原因じゃないかって僕は思ってる。

「パンジーを調べてください。パソコンでも、図書館に行っても、なんでもいい。パンジーがなんなのか。パンジーの花言葉はなんなのか。何かあなたにメッセージがあるよ。ちょっと待ってね、パンジーの花言葉ちょっと今調べてあげる（iphoneで調べる）」

「何色のパンジーだった？」

「黄色です」

「OK。えー、パンジーの花言葉は〝もの思い。私を思って〟。黄色のパンジーは〝つつましい幸せ〟。誰を思ってるんだろうね。もしくは、誰かがあなたにわたしを思ってって言ってるのかも。心当たりある？」

花言葉って古代ギリシアの哲人たちが寄り集まって必死になって編み出した言葉

で、適当にイメージで作られたわけじゃなくて、無数の経験をもとに作られてると僕はどこかで知った。だからとにかく的中率が高い。これも地面の声を聞く方法の一つ。とにかく絶望を感じているときは、この目の前の現実のことだけ、人間だけが作り上げている仮想の社会というものだけを考えすぎている。そこに少しでも隙間風が入れば、まあ、そんなこと深刻に考えなくてもいっかみたいに深呼吸できたりする。ただ、酸素が足りない場合もあるので、大きく吸って吐いてはよく伝える。地面の声を聞くって作業も別に精神論で言ってるわけじゃない。そのためには歩かないといけないし、触れないといけない。そうやって鬱の思考回路とは違うことをしてみたらと伝える。風通しを良くしてあげるだけ。

「自分が困ってるって母親に聞いてもらいたかったですね」

「なるほど、それじゃん。ちょっと待って、お母さん、どこにいるの？」

「駅で二つくらい離れてる実家にいます」

「それを言ったことある？　お母さんに」

「それって？」

「ずーっとそばにいてとか、苦しいから話を聞いて、とか」

「いや、ないです」

「それなら私を守ってって言ってみたら？　すごい苦しくて、不安で、私を守ってって。ちっちゃい頃、甘えんぼした？　母ちゃんに」

「いやないです。それが寂しかった。でももう私子供もいるし……。今さら言えない」

「死ぬよりいいじゃないの。お母さんの胸元で泣いたらいいよ。よしよししてくださいって言ってみたら？　バカみたいに1回甘えてみようよ」

「えー、やっぱり言えないですね」

「じゃ、俺がやってみようか。よしよし、とか」

「えっ？」

「うん、俺でもいいけど、できたらお母さんにやってもらったら、もっと直接入ってくると思うよ」

「今頃になってそんなこと言えないですよ……」

「そうだけど。自分がしてほしいように愛してもらったらいいよ。それを言ったほうがいい。わがまま全開で。こういうふうに、よしよししてって、ここをさすってとかさ、具体的に丁寧に細かくお願いするの。やってほしいことを」

「ちょっと恥ずかしいですね」

「いいいい。恥ずかしがらずに。ただ、子供とかには黙ってたらいいから。旦那さんにも同じように、膝枕してもらって、背中をとんとんって叩いてとか、撫でてもらったらいいよ。セックスしてる？　旦那さんと」

「ずいぶんしてないですね……」

「ただ触りあったり、まあキスだな。してもらいたいってしてもらったり。そういうのしてって自分で言ってごらん。ぎゅーってしてもらいたいって今日。夕食食べる前くらいに。今日はすぐ寝ないで起きてててって言おう。それでいってってみよう」

「言うの恥ずかしいですけど、本当はやってほしいです」

「じゃあ伝えてみようよ。それで何か変わるかもしれないし。それで、ホットサンドおいしかったでしょ。おんなじやつ作ってごらん。どういうホットサンドが一番うまいのか調べて、それを作れるようになってみようよ。それを旦那さんに食べさせてみて。お母さんでもいい。次は、近くにいる人に、自分の叫びっていうかそういうのを具体的に言ってみる練習。ぼんやりと〝苦しい〟と言うよりも、こういうふうにしてもらうと楽になるとか、すごい気持ちいいとか伝えたほうがいいかも」

「母親にも電話で伝えてみます」

「いいね。試して無駄なことは何もないと思うよ。お母さんが嫌がらない程度にお願いしてみよう。それでも不安だったらまたこっちに電話して。どんどんお母さんにお願いしていいよ。今は調子が悪いんだから、助け合い。どう、最後になんか言いたいことある？」

「一人でいるときが辛くて……」

「そのときは俺に電話してよ。俺が宿題あげるから。宿題を真剣にやれば、大丈夫だったでしょ。歩くとか。きついけど、爆発はしなかったろ?」

「確かにパニックにはなりませんでしたね」

「それだけよ、それをずーっとやり続ければいいから。ずーっと俺を頼り続ければいいから。そのかわり、ちゃんと自立する瞬間は、パンと出ればいいから。一人でできるようになるから、そのうち。一人の時間も幸せな気持ちになるから。つつましい幸せを感じるようになるよ。自分は今日よくやった、って今言ってみよう」

「えっ?」

「今言ってみて」

「でも何もできてないし」

「そんなことないじゃん。ずっと横になってたのに、朝起きて、ご飯も食べて、外まで出れて。よくやったねって、言ってあげよう。自分に」

「よくやったね……」

「そうそうそう。よく歩いたねって。言ってあげて」

「よく歩いたね……」

「そうそうそうそう。できるようになった。まず口にするの大事だから。OK?

基本的にベタ褒めでいきましょう。そこ、ベタ、大事だから。もっともっと元気になると、レベル上げていく、立体的な考え方するけど、今はベタ褒めでいっちゃおうか。はーいじゃね！」

いのっちの電話2

引き続き、また電話がかかってきた。


「もしもし」

「いのっちの電話ですか？」

「はい、どうぞ！」

「私も躁鬱病なんですよ。それで鬱っぽくなっちゃって、毎日死にたいと考えてしまうんです」

「躁鬱？　鬱状態入っちゃった？　やり方はね、毎回単純だから。一生反省しないって、まず紙に書く。躁鬱の鬱状態はとにかく反省しまくるから。趣味が反省になっちゃうの。一生反省しない、一切自分を省みないように。なぜならば、躁鬱の人って自省反省がまったく効果ないの。むしろ悪化させてしまう。なんでこんなことしてしまったんだろうか、何がいけなかったんだろうかって生真面目に考えちゃうと、とことん行っちゃうのよ。これ俺もそうでね。つまり、あなたの特徴でも性格でもないってこと。そうじゃなくて症状。そうやって考えるとどんどん窮屈になっていく。ちゃんとしなきゃと考えれば考えるほどおかしくなる。もともとそういう人じゃないから。適当でちゃんととかはできなくて思いつきで動いてるだけなんだから、まあ気にせず次のことを考えよう、次何したいかなあって考えていったほうが楽になると思うよ。その思考のほうが体に合ってるから。そして躁鬱の鬱になるときは、基本的に心臓が疲れてる。もっと言うと、その前に絶対睡眠不足が襲ってきてるはず。そう、眠れないんだよ。で、眠れれば治るんだよ。で、もっと言えば運動できれば治る、運動できれば寝れるんよ。で、俺は2、3時間歩いてる。今日、10時から歩いて、3時間。君も、毎日3時間歩くこと。わかる？　むちゃだよ、これ。むちゃをするために歩く。なんもないところだとつまんなすぎて鬱が激しくなるから、ちょっと騒がしいところあるよね？　デパートとか。100均とか。そういうところ行って、買わなくていいから、むっちゃ真剣にモノ見てみ。ほぼ100%、100個見たうちの99個くらいつまんないから。鬱状態って好奇心がなくなるのね。だけど1個くらいやばいのがある。その1個を毎日記録に残して。O

K？ 花を見つけたら、花でもいいから。花のときは花言葉を調べる。ものだったらそのものの名前、起源とか調べる。それがあなたの唯一のかすかな好奇心だから、それをちょっとずつ盛り上げる。で、3時間も歩いてたら、もう疲れてその日寝るから。夜の21時に布団に入ること。で、朝早く起きちゃうけど、起きたらその時点で二度寝しないで起きていいから。それで何をするかというと、一番自分が好きなこと。金になんなくてもいいから。なんかある？」

「コーヒー、ですかね……」

「コーヒー好き？ じゃあコーヒーの勉強めっちゃしてみよう。今から。世界中のどこの豆がどういう名前で、どういうふうな味が、どういうふうにするか、とか。それをどこが日本に輸入してて、どこで買えばいいかって。それでちょっとずつ上がってきたら、躁状態入っちゃうけど、そのままコーヒー会社とか立ち上げないでね。事業を立ち上げないって紙に書いといて」

「はい……。でもやりたくなったことありますね。なんども。やっぱり立ち上げたらダメですかね？」

「そうでしょ？ でもとりあえずやめとこう。躁鬱ってCEO病って言われてるくらいだからね。サポートしてくれる人が周りにいるなら、起業するのもありえるかもしれないけど、いないんだったら、とにかく入念に企画書書いてみようよ。大抵は途中で飽きちゃうから。飽きたときに、ちゃんとやらなくちゃいけなくなっちゃってると鬱になるから。飽きた瞬間にやーめたって言える環境を作ってたほうがいいよ。コーヒー豆を取り寄せるのはいいんじゃない。1ヶ月に一袋とかルール決めとこう。そのかわりそれくらい厳選してみよう。それで、その匂いとか絶対忘れないように。もったいないから。それを使って、100%完璧な、コーヒーの淹れ方っていうのを、自分で見つけたらどうかな。いろんな人の淹れ方を調べてみようよ。どんどん真似したらいい。わくわくしてきた? 今すぐ外に出て、歩こう。OK? はい、3時間行ってみよー。やばい? もうわくわくしてきた? じゃあね。反動でまた鬱になるかもしれないから、やばかったらまた明日電話してね。はーい、じゃあねー」

今の気持ちは「死にたい」で本当に合っていますか?

いのっちの電話をかけてくるときって、大丈夫ですか、とか一番言ってあげなきゃいけないときなんだけど、僕はそんなこと言わない。しみったれたことに一切関心を持たない。「死にたい」と言われても、その言葉をそのまま受け入れるんじゃなくて、「死にたい」という言葉が本当にあなたが感じている感情を言い当てているかを一緒に考えたくなっちゃう。口に出した「感情」っていうのは既成の言語で作り上げてるものでしかない。それは色と同じだから。光学的な操作で、そうなってるだけ。そういうふうに考えたほうが面白くないかい?って言うわけ。「これは赤です」って落ち込んでいってるわけ。赤は赤だけどさ、なんで赤に見えるかってのを考えたほうがいい。そういう意味では僕はすごく理系の思考回路なのかもしれない。「どういう状態なのか」って聞くわけ。そして「書け」って伝える。「今すぐ電話切るから書け」って。ほんとは哲学を勉強してる人にしか通じないような話をその人たちに投げかけてる。「今、言葉にならないんでしょ? 死にたいんですか、ほんとに? 言葉にならないいんじゃないですか?」て聞いたらたいてい、「言葉にならないんです」って返ってくる。「言葉にならないのを言葉にしようとしないんですか? してみませんか?」って問いかける、ずーと。ほんとは哲学って、そういう場面でしか使っちゃダメ。哲学書ばっか勉強してるバカにさ、哲学なんかわかるはずがない。明日死ぬかもしれないってときに哲学が生まれるわけだから。それでソクラテス先生は、死んだわけでしょ。今まではきついきついきついって言ってたのが、行動をすることで、変わっていく。僕は人間が生成変化する過程を直接見るのがすごく好きなの。そいつの言語が変わってくるわけ。

散歩をすすめるのは、足を止めると、思考が止まるから。やっぱ足は止めちゃだめ。それを家の中でできるのが、手を止めるなってこと。手と足はもともと一緒だから。四つ足で歩いてたんだから。四つ足の記憶さえ思い出せれば、手と足は一緒だから、手だけ動かせばいいの。それは足を動かしてることになる。

ライバルはAI

「いのっちの電話を、なんでタダでしてるんですか?」ってみんな聞くけど、バカでしょ。「いや、それおまえ、レヴィ=ストロース先生とかに聞いてみろよ、彼ら必死にブラジルとか行ってさ、どんだけ金払ってんだよ」。僕は、タダで徹底的にリサーチさせてもらっています。人間の今の動きをね。Google見てみなよ。タダで利用させてるでしょ。それと一緒よ。溜まるだけよ。僕は人間コンピューター。僕はいのっちの電話受けてるから、どんな質問にも答えられる。ほとんどビッグデータが僕の体の中に入ってるからさ。AIに負けたくない。僕のライバルは今、AIだから。それは、人間の感覚を読むってこと。商売にも役立つ。タダで慈善活動してるというのも、見方を変えれば色合いが変わる。

電気信号的に愛情を送受信する

でも、僕は稼ぎのためにいのっちの電話をやってるわけじゃない。そこが僕の、もう一つのからくりで、これを稼ぎのためにやってるとみんなが思ってたら、おかしい、ってなるけど、僕の根本、最後は、愛情だから。しかもその愛情も僕は電気信号的にしか送受信してないけどね。つまりなぜか僕はあらゆる人にシンパシーを感じたり、その人に対してかわいそうって思ったり、助けたいと思ったりする電気信号がある。それだけ。僕がいい人とか悪い人とかじゃなくて、すごく、超客観的に見てる。僕の特性だよ。裏切られても、一切傷つかないし。愛を信じてるわけじゃない。僕は人間というのは、生物学的に、愛情というものを非常に強く持った生物だと思ってる。世のため人のためってわけじゃなくて、人の役に立つ、それも具体的な誰かのためになるのが大事。触れられる人の役に立つ。声が聞けるだけでもいい。そして、人の役に立って、助けられた人から感謝の言葉を聞くと嬉しい。ああ、人の役に立った！って満足する。それは躁鬱病の特性でもあるのかもしれない。過剰に愛情を持ってるけど、とても自己中心的で、自分が役に立って、褒められて、それで自分に自分のことをすごいじゃんって言えるような状態が健康につながるんだと思う。人のことを心配して行動してるんじゃないのかもしれない。そういうところもあるんだと僕は思ってる。混じり合ってるからなかなかわからないんだけど。称賛されたいがためだけに愛情を放出しているのはなかなか日常生活じゃ迷惑な人間だと思うけど、いのっちの電話にはうまく合ってるのかもしれない。ほとんど疲れないしね。今、少し冷静に見て「称賛のためだけにやってる」と言ってるけど、やってる最中はそんなことないんだよね。ただやりたいからやってる。これは僕のすべての行動にも通じているかもしれない。

自殺してしまった人

いのっちの電話に1万5000人以上出て、一度だけ電話のあとに自殺してしまった人がいる。その人と電話しながら「ああ、この人はもう死ぬと決めてるかもしれない」とすぐに気づいた。何を言っても通じない。電話を切ったらまずいと思って、できるだけ電話を続けようとした。なんにも好奇心も関心も動いてなくて、鬱状態だった。昔のことでもいいから、何か興味を持ったものはありませんか?って聞くと、本をよく読んでたって言うから、僕は書きかけだった「カワチ」という新作の長編小説の一部を朗読することにした。もうこういうときは説得してもダメで、何か違う角度から言葉を伝えていくしかないから。それで朗読をはじめたら、ずっと黙って聞いてくれてる。途中で止めたら、もっと聞きたいって言うから、僕はさらに朗読を続けた。20歳代の子供が二人いるって聞いて、彼らに電話したいから番号を教えてって伝えたけど、教えてくれなかった。そんな調子で1時間半くらい朗読を続けてた。しかも元旦だった。僕が朗読をやめると、彼女は「本当にありがとう。その本をいつか読みたい」って言った。いつか読みたいって言ってくれたから、僕は少し安心しちゃって、でも心配ではあるから「また明日電話して」と伝えた。普段は電話番号登録しないけど、本当に危険を感じたからその番号は登録させてもらった。そうすれば、明日電話がかかってこなかったらこっちからかけられると思ったから。でも、翌日かかってきた電話は、警察署からだった。いのっちの電話をはじめて警察から電話がかかってきたのも初めてだった。不安は的中し、その人は自殺してしまった。最後の電話番号だったから、刑事も僕のことを調査したらしい。いのっちの電話をやってることも知ってた。刑事は、自殺で亡くなった人の調査を頻繁にやっているようで、自分自身もそのせいで鬱にもよくなると言っていた。刑事の奥さんも鬱らしく、いつか自分もいのっちの電話にお世話になるかもしれませんと言った。僕は誰か電話のあとに自殺してしまったら、いのっちの電話をもうやめようと思っていたんだけど、刑事の話を聞いてたら、やっぱりやめないでこれからも続けようと思った。そして「カワチ」もちゃんと完成させて、出版しなきゃダメだとも思った。刑事だけでなくて、一度、消防隊員からいのっちの電話がかかってきたこともある。10階建てのビルの上に立っていて、今から飛び降りようとしていた。自殺した人の対応の訓練を砂袋でやるらしく、人間か砂袋かわからなくなってきてと彼は言ってた。消防隊員から救急電話が入るくらいだから、いのっちの電話もたいしたもんですよ、とも言われた。今、自殺が問題になってるけど、かなりの数の、死と直面している人がいる。みんな苦しんでる。やっぱりどうにかしないとなと思う。やっぱりいのっちの電話はやめるわけにはいかない。彼女も本当は「死にたい」んじゃなかったんだと思ってる。僕の本をあんなに集中して聞いてくれたんだから、創造力がむくむく起き上がっていたんだと思う。でも、そのまま放っておくと本当に死んでしまう。

「死」は特別なことじゃない

死に触れると、多分僕の中で躁状態が一瞬起きるんだと思う。だから、突然、力がみなぎって、恐怖の感覚が麻痺する。それは２０１６年、熊本で地震が起きたときもそうだった。２０１１年、福島で原発が爆発したときもそうだった。興奮状態に入るんだと思う。だから、平気な顔して、どんどん行動ができちゃう。そうやって、恐怖や悲しみや将来の不安なんかを完全に遮断して行動ができてしまう。もちろん、その代償はあとで鬱によって払うことになるんだけど、僕は目の前で人に死なれても大丈夫。死が特別なことじゃないもん。生も死もほぼ変わらないって思うときもあるけど、それは僕の体が恐怖心を遮断してるからそうなってる。僕は基本的にとても怖がりなのに。不思議だよね、ちょっと僕には僧侶みたいなところもある。普通の人なら、自分が電話してて、自殺したら、きつくてやめるはず。でも僕はやめずに続けちゃう。

今は精神状態が落ち着いてる。いのっちの電話は、やっぱりこれからもやっていこうと思ってる。僕はとても自己中心的で変なところもあるし、自分を疑問視しているところはあるけど、多分まともな人はこんなことやらないと思うし、僕でいいのならやり続けてみようかなと思う。やっぱり２０１９年の今も、本家のいのちの電話（一般社団法人日本いのちの電話連盟）はほとんどかからないらしいし。なんで対策しないのかな。もうちょっとまともな人間が電話に出たほうがいいとも思ってる。難しいのもわかるけどさ。ちゃんとした機関ができて、やる必要がなくなったら、やめようと思う。

「なんのために働いてますか?」

いのっちの電話でよく質問するのが、「お金のために働いてないですか?」ってこと。それが一番効率悪いの知ってますか?って。お金っていう、本当はなんにもならないもののために、人間は動いてる。ほんとは人間って違うでしょ。獲物を捕まえて肉を食うために動くんでしょ。金を間に入れるのは、つねにひと作業無駄なんだ。僕は、小説を書いて読ませるだけ。僕の作業は、それで終わりなんよ。これが僕の正規の工程。例えば、日本製の皿を海外に輸出して、それをもう1回貿易して輸入して、2倍の値段になったものを買う、みたいなところが、ふつうの仕事にはある。なんでそんなことするの? 隣に作ってる人がいるなら、そこから買えばいいじゃん。そういう感じ。そういうまどろっこしい作業をやってると、疲れる。働いて、お金にして、何か買う。間に金を得るみたいな余計な、ぐじゅぐじゅぐじゅとした工程が1個入ってると、それだけで疲れるんだよね。疲れないことが、僕のテーマだから。絶対疲れないようにする。鬱にならないためにも疲れないのが大事。

人間の不調の原因ははっきりしている

パニック障害、発達障害、不安障害って言う人、全員に聞くのが、何かやりたくないことやってないよね？ってこと。1個でもやってないよね？って言うと、ええ、やりたくないことばっかりですって。不調の原因はそれだけ。何かができないと思ってる人の、ほぼ100％の理由。自分ルールでやればいい。まず大事なことは、やりたいのかやりたくないのか。むっちゃ気持ちいいイメージして、今何したら一番気持ちいいか考えて、その状態を1日、すんごい大事にしてみてほしい。やりたくないことしてて、不得意とか言わないよね？　得意なことやっていないだけで、それは不器用でもなんでもない。

人間関係の悩みについて

いのっちの電話で、人間関係に悩んでいる、って言う人もいっぱいいる。そんなこと本当は100%ありえない。僕は断言してる。好きなことやってないでしょって聞くと、はい、って。やっぱり理由はそれだけ。やりたいことやったら、人付き合いとかいらないことに気づく。一人の理解者がいれば、それで次がはじまる。基本的に、嫌な現場にいるだけ。やりたいことやってたら、そこでちゃんと人が出てくる。すると人間関係の悩みもなくなるし、もっと言えば不安障害もなくなるし、パニック障害もなくなる、発達障害もなくなるし、境界性人格障害もなくなる、統合失調症も、躁鬱病もなくなると思うよ。好きなこと、得意なことをしていたら自分なりに動いていること自体を周りがどんどん受け入れていくから、気づいたら病気とかそういう問題ではなくなってる。

そういうこと言う人はいっぱいいるじゃん。ビジネス書でも、自己啓発の人でも。でも、読んだり聞いたりして実行しても、結局できませんでした、で終わりになっちゃう。でも、僕の場合、僕に連絡することでオチがつく。友達いないんだったら僕に電話しろ、もうすでに友達一人目だから。僕は、いのっちの電話上で結婚してる人とかもいる。嫁さんいないんだったら、僕を嫁だと思って、僕に電話して、僕が話してあげる。離婚した人たちや、旦那さんが亡くなった人のケアもしてる。「人間関係がダメだって言うけど、今、俺と電話してるよね?」って話。「なんで俺としゃべれるの？　よく考えてみろよ」「だって理解してくれてるから」「だからさ、それだろって。自分で答え言っちゃってるじゃん」「好きなものがわからない」とかも言うんだよね。でも「赤と青どっちが好き？」って聞けば「青」とかはっきり答えるからね。それなんだけど、好きなものって。なんで、でっかい、自分の人生を、すべて背負うようなものを、考えちゃうの？　青と赤、体動かすのと机の上でちょっと事務仕事、散歩と読書……それならわかるでしょ、簡単でしょ。好きなことってそういうこと。気持ちがいいほうを選ぶってこと。

世の中を変えたいわけじゃない

twitterで、フォロワーが「散歩して鬱が治りましたー」って書いている。みんなが真似して、反応して、でも、僕は集まろうとはしない。その気が僕にはない。世の中を変えたいんじゃなくて、不思議な共同体を作りたい。末井昭さんの『自殺会議』（2018、朝日出版社）で、こんな対談をしたことがある。

（坂口）みんな、コミュニティーばっかつくろうとするから、俺はただコミュニケーションだけを、コミュニティーをつくらずにやりたいという感じです。コミュニケーションっていうか、言語の交換だけを徹底させるっていう。……とか言ってるとね、みんな、悩みどころじゃなくなってくるんですよ。「ちょっとなにを悩んでるんだって思ってきました」って。

――（末井）ははは。コミュニティーをつくらないで、個と個っていうことですよね。まあ、コミュニティーをつくれば社会ですからね。

（坂口）そうなんです。社会っていうことは、言語が途中でダラダラになっちゃうんですよね。

――最大公約数を取っていくみたいなことあるからね。

（坂口）そう。そこの言葉を使って会話するでしょう。それだと、絶望とか失望状態の、いちばん敏感な状態のときに、いい感じの会話ができないんですよ。（カッコ内は引用者補足）

2
僕のつくりかた

2-1

言葉にならないものにしか興味がない

「多様なことをする」を日課にする

長編小説を書いているときは、夜9時に寝て、朝4時に起きる。起きてすぐに原稿を書きはじめて、朝10時くらいまでに10枚から20枚書く。書く量は、それぞれの本によって変わってくる。最新作「カワチ」だったら毎日20枚書いてた。そのあと、散歩してアトリエまで行って、今度は絵を4枚描く。歩いて帰ってきて空いてる時間に編み物か織物。これはもう何も考えずにやる。編み物って頭使わないのに、手の運動は複雑だから、本を書いているときと同じような運動しつつも、想像力は使わずにリラックスできる。無理に車輪を動かそうとしなくてもできる。そして、夜ご飯作って早めに寝る。これを「カワチ」では100日続けて2000枚の原稿を書き上げた。ほんときっちりしているよね、日課は。僕は、ほっとくと拡散していくっていうか、混沌のまま、あっちフラフラこっちフラフラだから、何も残らないような気がする。そして、もしかしたらそっちのほうが体調が良かったりするかもしれない。でも形にならないと、嬉しくならないから、やっぱり落ち込むのかな。とりあえず今のところは、日課、つまり、時間だけはきっちりと縛ってやってみるということを試してる。時間を過ぎたら、たとえできあがっていなくても、次のことをやるっていうふうに。受験のために部活をやめてつい集中してしまうような癖が僕にはある。でもそれだと鬱になる。一つのことに集中しすぎて、他のことがおろそかになると、調子が崩れていく。だから、できるだけいろんなことをする。

最近は、「カワチ」は書き終わったから、夜は11時に寝てるし、朝も起きるのは7時くらい。それで朝ご飯作って、本を12時まで書いて、お昼ご飯作って、散歩して、アトリエに行って絵を描いて、5時には戻ってきて、夜ご飯作って、寝るという生活。今は、あんまり縛らずにやってみるというのを実験中。もっと適当にしてみたいってのはある。でも、1日3食作るってのは続けてるけどね。ほんと、決めとかないと、アメーバみたいになっちゃうから。その都度、日課を変えていく。はじめは書くことだけの日課だったけど、編み物を覚えてからは、書いたあとの生活も含めて、全部の日課を作ったほうがより多様な刺激が体に入ってくることがわかった。それだと体の調子がいい。

ネズミたちを作っている

だから、最後に聞きます。これからはじまることを、あなたは知っていたのですか。それならば、なぜそれを止めようとしなかったのですか。なぜ、あなたはそのまま放置し、労働を続けたのですか。それは自分で理解していたのですか。それともあなたは自分自身であることを見失っていたのですか。

『建設現場』（2018、みすず書房）

僕の作品は、かなり早い段階で、遺伝子が変わっていった。もっと生き抜くやつに、もっともっとって。今までの作品の中で一番生き抜くのは、おそらくこの『建設現場』だよ。でも、読者には一見そう読み取れない感じに仕立てていった。と言いつつ、「一番生き抜く」と読み取れてないのは自分なのかもしれない。

僕は評価されるかどうかなんか考えてない。「存在」を作ってるだけ。それは生殖行為に近いのかも。「人間を作ること」自体には評価はないでしょう。ネズミみたいな作品を、何匹も何匹も僕は作っている。作品にも生き物のように生存本能がある。

わからないものを作りたい

いつも自分がわからないものを作る、作るしかなくなる。そうじゃないと、僕がつまらない。自分が知っている範囲のことで何かやると面白くなくなる。だから、いつも知らない部分を出そうとする。出そうとすると、わけがわからなくなって鬱になる。そうなると、自分が持っていた力もなくなってしまったように感じる。でもとにかく手に持ってる道具を使って、なんとかやろうとする。すると1回自分が溶けるというのか、自分がなんなのかわからなくなった状態になって、それでも作業を続ける。『建設現場』を書いたときもずっと鬱だった。鬱になると、本当に何をしたらいいのかわからないし、何もできなくなるし、時間だけはだらんと伸びていって、このままだと発狂するかもしれないってなっていく。だから、発狂しないために書いていた。そのときには自分がどういう人間かとか、興味があることはなんなのかってことが全部見えなくなってる。でもだからこそ、一番素直な部分が出ているのかもしれない。作品を作るたびに素直になっているような気もする。でも自分では、『建設現場』を書いているときも、なんでこんなものを書いてるのかよくわからなかった。それでも途中でやめることなく、最後まで書き終えた。いつも不思議な気持ちになる。自分が気づいていないのに、リアルに存在している何かがこの小説の中にあった。

違和感だけをかたちにする

わからないものって輪郭がないから、存在させたままにするのが難しい。売れもしない。それでも僕は、体の中にあるまま、それが変化していくままに形にしたいって思う。いつも体のどこかが変で、ぐにゃぐにゃ動いていて、自分でこの道でいいと確信してもすぐ変わっちゃって、毎日違和感ばっかりで、歩いているだけでもおかしくなるときがある。それが『建設現場』では、形にできたかもしれない。この感触もまた移ろっていくんだろうけれど……。「何この本?」で終わっちゃう人もいると思う。僕もわかってないことを書いてるんだから。でも、感じている人もいる。彼らは、感じているとサインするために、わかってるって誰かに伝えたくなっちゃう。

思考の無能力へ

『0円ハウス』（2004、リトルモア）時代、『独立国家のつくりかた』（2012、講談社現代新書）時代、そこから修行に入って、『幻年時代』（2013、幻冬舎）時代、『現実宿り』（2016、河出書房新社）から『建設現場』まで、僕は「4期目」くらいにいるんじゃないかな。でも、また、今ちょっと違うんだよ。自分が書いてることが自分でわかんないのは、『建設現場』のときと同じなんだけど、「カワチ」はそのことに恐れを一切感じなくなった。わかんないってどういうことか。アントナン・アルトーの言葉なら「思考の無能力」と言えると思う。いわゆる「思考」っていうものは、結局ルールを決めちゃってるんだよね。既存の言葉があって、言葉には既存の意味がある。思考は言葉を使うんだから、どうしても、社会が作った意味からは抜けだすことができない、ということ。でも僕は、そういう思考以外のことが体の中には渦巻いていると感じていて、それをどうにか外に出す方法がないか考えている。

僕は、鬱になると、人と対話すらまともにできないけど、実は体の中の「イメージのダム」はいっぱいになってる。先日もきついのに、人前で歌わなくちゃいけなくて、まったく話せないんだけど、歌は歌えた。押し寄せてるイメージはあるから、その場で詩は出てきた。それを歌にしたわけ。そういうことはできる。でも対話はできない。

バラバラに咲く花を
バラバラの目で見る
いつまでも青色の　空と海　笑う

見たこともない電車が
水面に映る姿
体はもう離れてく　君と

バラバラに飛ぶ虫を
バラバラの目で見る
素晴らしいあの光が　いつまでも笑う

言葉にならないよ
何かにはもう見えてるの
人は誰もが　言葉から離れ
橋渡るあの犬の　空と海　笑う

身体がやろうとしてることを、素直に書く

「思考」に囚われないように表現するには、自動筆記もしくは映像を撮るしかない、っていうようなことをジル・ドゥルーズは、アルトーとセルゲイ・エイゼンシュタインを比較しながら言ってる。それらは、思考の無能力という点で通じてるんだ、と。映像は、思考できないものを撮れる。自動筆記も思考の無能力に注目してる。僕が小説でしているのは、思考の無能力自体を言語化するっていう行為なのかも。ふつう人間は思考の外のものを「わからない」で終わらせちゃってる。でも、わからないの中に、実はミクロコスモがいっぱいある。「わからない宇宙」がある。「わからない」の5文字を、みんな当てはめすぎているんじゃないか？　そこにはいろんな島もあるし、地図すら描ける。僕の小説は、何かの映像を撮ってるだけで

もあるし、自動筆記をしているだけでもある。『現実宿り』くらいからそういう書き方をしている。これを書こうと自分が考えたところは、1行もない。身体がやろうとしてることを、素直に書くっていう練習をしてきた。原稿が、カオスの2秒手前くらいで踏みとどまっていて、ギリギリ、表面張力を見せている。「カワチ」はそういう書き方の一つの集大成だ。

今もダムを堰き止めてるだけで、水門を開けたら「カワチ」が出てくる。『ナルニア国物語』に例えるなら、むこうの100年が、こっちで4、5分になる。そういうふうに時間の感覚が違う世界を、みんなファンタジーだと思ってるけど、僕は、なぜかどの本を読んでも、そう思えない。全部が現実だし、現実は無数にある可能性があると思っている。

自分が書いたと思えない本

『建設現場』は、自分が書いた実感が一番ない本だ。僕の中にないと思ったものしか出ていない。ふつう人間って自分の中にあるものを出して、書く。僕の『0円ハウス』もそうだったし、次の『TOKYO 0円ハウス0円生活』(2008、大和書房)

もそうだった。何かを追いかけていて、現実を投影している。『独立国家のつくりかた』も僕が思考していないものは1個も書かれていない。でも、『現実宿り』くらいで僕が見つけたのは、思考してないものを書くという方法だった。危ない方法だよ。でも、思考しているものというのは、逆に存在していないものなんだと思う。僕の結論では、「自分の考え」なんて思い込み、全部存在してない。どこかしら既成の言語から作っているわけ。つまり誰かによって作られてる。それは存在しているというより、社会の中にすでにあるということ。存在そのものがそのままで存在しているっていう状態じゃない。つまり自分が考えたことじゃない。だからもっと言うと、思考していない。そのことに『独立国家のつくりかた』まで活動してきて僕は気づいた。

僕の中にある自然の猛威

僕の頭の中にときどき割り込んでくる、自分でもよくわからないものがある。それを出してしまうと、おかしな人だと思われちゃうし、話もできないので、極力表に出さないようにしている。そうでもしないと、うまく生きていくことができない。

困ってしまう。頭にはいろんな脈絡のないことが押し寄せてるけど、それはそれで泳がせながら、普段は目の前の人とも世間話ができる。僕もバランスよくやってるもんだよね。でも、1年の半分くらいはそれができなくなる。僕が鬱になるときはそういう状態なんだと思う。これを克服したほうがいいのか、それとも何か活用する道があるのか。でも、統制が取れるわけがないとは思う。実際は飲み込まれている。今では何がなんだかわからない。そういう自然の猛威みたいなものが、自分の体の中にあるって感じている。止まることもなく延々と流れ出る湧き水みたいなものが。

『建設現場』はなぜ出版できたか?

僕はとにかく体調に合わせて生きていくしかないから、まず書く前に出版社に約束するみたいなことができない。だから連載もできないし、そもそも書くことの打ち合わせってものができない。そんなわけで、書く前に本を出してくれる出版社が決まってるわけがない。そもそもいつ書きだすのかもわからない。書く前にプロットを考えたりももちろんしないし、でもそうやって計画立てて本を書くことには憧れがある。いつかやってみたい。でも、そんな安定している状態だったら、書こうと思わないのかな。それくらい、もうこれからどうしたらいいのかわからない、という袋小路の状態にならないと書きはじめない。だから、書くことが仕事って感じでもない。どうにか生きていくためにやるしかないっていう感覚でやってる。だからどこから出すとか気にしてられない。そんなこと考えられない。とにかく書く。でも、出てきたら、不思議と毎回、いつも書く分量がぼんやりと浮かんでくる。『建設現場』のときも、ほとんど意識朦朧としている状態で、一番最初の文章が出てきて、でも、出てきたときにはなんか「あっ」って思う。もしかしてって。何かこの先にはありそうだと塊のようなものを感じる。そのときには８００枚くらいだなって全体の量もわかってる。１日に10枚くらいだなって、書けそうな分量もなんとなく感じる。そうやって、書きはじまったら止まることなく、80日間休みなく、作業した。それで約３ヶ月かけて初稿は書き終わった。書き終わったら、知り合いの編集者に送ってみたんだけど、分量が多すぎるって断られた。どうしようかなって思ってたんだけど、書いているとき、ずっと横に置いてた本があってそれをまた読み返してた。それは『ミシェル・レリス日記』（みすず書房）という分厚い２巻本。ミシェル・レリスという人は、民族学者なのか小説家なのかわからない人。その本は彼が書いた日記が収められているんだけど、夢日記も混ざっていてなんとも言いようがない。でも僕には、とてもリアルだった。この『ミシェル・レリス日記』を担当した編集者だったら読んでくれるかもしれないと思って奥付を見て、出版社に直接電話した。それがみすず書房の尾方邦雄さんだった。

彼は完成なんかさせなくていい、ただ、えげつないものだけください、って言う。途方もないものしか読みたくないって。自分が読みたいものしか作りたくない、そこにしか向かっていないって言ってた。僕はそういう本は永遠に残ると思う。売り部数の問題じゃない。誰とも勝負もしていない。子供の遊びと一緒。僕が「すげぇでしょ」と言って、尾方さんが「すげえ、作ろう」って言う。自分たちが感じたままを真空パックしている。僕が書いている小説は『建設現場』に限らずどんどんどこかに向かっていて、自分でもよくわかっていないんだけど、尾方さんは「面白い」って言ってくれて、本当に救われた気がした。僕は毎回作るものが変わっていくから、同じ方法じゃ形になっていかない。いつもルーキーの気分で、理解してくれる人を探さなきゃいけない。毎回大変だけど、それでも毎回誰かと出会う。

最高のキャッチャーだった編集者・梅山景央

『幻年時代』や『家族の哲学』（2015、毎日新聞出版）などを編集した梅山景央は、尾方さんとは対照的。梅山は「途方もないもの」では終わらせない。アウトテイクよりちゃんとレコーディングしたものをよしとする、ある程度ウェルメイドなものにしたい編集者だった。梅山と会ったことは僕には非常にでかい。梅山がキャッチャーで、僕がピッチャーなら、あいつは完璧な女房役だったよ。僕はだいぶ変な、独自の変化球を、しかもそれをストレートだと思って投げていた。あり得ない曲がり方をしても全球、全方向的に梅山はキャッチできた。最近は僕の変化についていこうとしてくれないから寂しいけど、でもまたどこかで一緒にやれるといいなと思う。

梅山と出会ってもう一つ大きかったのが、彼の紹介でChim↑Pom、石川直樹、前野健太、岡田利規、佐々木中、磯部涼たちに出会えたこと。よくよく考えると、みんな今の日本の芸術の世界で、ちゃんと残っている、消えずにやってる。

鬱のときに見つけた小説の書き方

今の小説の書き方は『現実宿り』のときに見つけたんだけど、そのときが鬱期だった。熊本にある橙書店の田尻久子ちゃんに、「頭の中砂漠なんだよ、死にたくなってるんだよ」ってこぼしたら「えー、それどういう状態？　気になる、その頭の砂漠、知らない、わかんないから書いて」って言われて『現実宿り』を書いた。ほんとそれだけだった。小説とかじゃない。言われたことで、「あ、そうか」と思った。つまり見方が変わったわけ。普通、そういうときは「だいじょぶよ」って言われるわけじゃない。でも、久子ちゃんはそうじゃない質問をしてくれた。僕はバカ素直だからさ、「なるほど！」って書きはじめた。

さらにさかのぼれば、その書き方は『坂口恭平　躁鬱日記』（2013、医学書院）の鬱記がスタートなんだと思う。

不安を感じても、逃げるのではなく、もうどうなってもいい。そういうリスクを負ったとしても、僕はやめない。駄目になったとしても、自分はやめない。そして、べつに自分のことをそんなに悪く言わない。どこが駄目だったかではなく、どこがよかったかを自分でちゃんと理解する。

悩むとぐるぐる考えてしまう。答えを出すことを恐れている。僕に必要なのは、いかに生きるかという決断だけである。後はそのまま進めていく。それでまた問題があれば少しだけ修正して、また決断し、進めていく。

「鬱記」とはなんだったのか？

『坂口恭平　躁鬱日記』に入っている「鬱記」は、こういうただただつまらない原稿が続く。「思考の無能力」を既存の言葉で表すと、ああなってしまう。でも、それを反転させると、新しい言語の芽になる。鬱記は落ち葉みたいなもの。ちゃんと腐って、分解されると自分にとって完全な栄養になるんだろうね。既存の言葉で書くなら、結局「死にたい」ってなってしまう。そうじゃなくて、わからないものが、既存の思考で作り上げてきた領域に侵入してきているって考えてみる。それだってもともと自分の中にはあったもの（自分の内側の奥にも「外側」があるんだよねぇ）。そうなるともう既存の言葉では表せない。それが「死にたい」って言葉に結実されるんだろうね。いのっちの電話でも「それって言葉にならないってことじゃないの？」って聞くと、みんな「そうです」って答える。言葉にならないものを見つけてるってことに、考え方を改めるようにしてるわけ。そこにぶつかってるって、すごいことだよ。詩人なら興奮するはず。詩人の仕事ってそういう状況で言葉を見つけることだから。今は、あまりにも詩人の仕事がないがしろにされすぎているけれど、太古の昔からそうでしょう。

現在の小説群のヒントとしての『現実脱出論』

今の小説につながっている著作としてもう一つ、『現実脱出論』(2014、講談社現代新書)もある。『建設現場』を読んでから『現実脱出論』を読んでくれたら、よくわかると思うよ。

> 現実とは「集団における空間」であり、あくまでも個人の空間は「思考」そのものなのである。個人にとっては、自分自身の体の中に形成された自家製の「思考という巣」こそが実体のある空間であり、現実という空間は個人にとって「錯覚」にすぎない。
>
> 『現実脱出論』

今僕が書いている小説はこの「思考という巣」そのものと言えるかもしれない。その「思考」は既成の言語では表せないものだけど。この『現実脱出論』で、僕は自分の現実感や創作の一番はじめの「見取り図」あるいは「地図」を書いたつもりだった。しかし、地図はあくまでも地図だから、そこに何があるのかってのを二次元の情報でしか伝えられていない。実際に地図に描かれた場所を歩くと、全然違う。建物は立っているし、人も歩いてるし。起伏もあるし、壁には穴が空いてる。天候もあるし、匂いもする。自分が表したいのはこういうことかって思って『現実脱出論』を書いた。でも実際に小説――というか散文なのか、もう僕はわからないんだけど、鬱のときに困ってそれしか出せないもの――を書くときは、地図に載らないようなことしか書いていないような気がする。

『現実脱出論』＝創作のプロセス

『現実脱出論』で僕は思考を、「思考する」って動詞にしないで「思考という巣」というふうに、時空間的なものとして捉えている。そこが面白いと思う。今もこの本を振り返りながら、何を書いていたのかわからないって思うところもあるんだけど……僕は自分が書いたことをすぐに忘れていくから。それでも、この文章をときどき思い出す。そのあと、これが一体なんなのかを探求するように大量の言葉を書くようになった。

『現実脱出論』は自分が創作するプロセス自体を書こうと試みた。結果としては、そのあと、『現実宿り』からはじまった小説なのか散文なのか僕自身もなんと呼んでいいのかわからないテキスト群が出てくるきっかけになったんだと思う。感じている時間や空間はそれぞれの人間で全然違うんだってこと。違うままにしていたら、共同体として機能しないから、言葉で調整してるってこと。でも本来の言葉の機能ってのは、伝達するためにあるんじゃなくて、自分だけが感じている時間や空間やなんとも言い表せないものを名付けるっていうのか、光を当てるためにあるんだということ。でもそれが一体何かってのは『現実脱出論』では具体的に出すことはできなかった。あの本はあの本でいい本だと思う。アンドレ・ブルトンのシュルレアリスム宣言とか、そういうものが、イメージとしてあった。なんかよくわかんないけど残っていくテキストというか。

『現実脱出論』の限界

『現実脱出論』の限界は、言葉で説明できてること。あれじゃダメなの。別に自分の仕事を否定するわけじゃないし、あのときはあれしかできなかったわけだけど。今の僕は、思考できないものこそが思考であって、そこにいかない限り、言語は生まれないっていうところにいる。

つねに僕はヴァージョンを変えていきたい。中途半端に本を書く人に対して、僕がある意味心配してるのは、そこまで行く気がなかったら、ここは触れてはならない世界、恐ろしいものなんだよってことなんだ。みんな説明したいから言葉を書く。でもそれではまったく意味がない。

言葉にならないものにしか興味がない

僕は既存の言葉では表せないものにしか興味がない。言葉にならないものを、いかに言葉にするか、ってのが面白い。昔の人はみんなそういうことを話してたんじゃないかな。みんな必死こいて。ある色を見て、これを「あお」って呼ぶのか、「みどり」と呼ぶのかとか議論してたんじゃないか。「あお」でもないし「みどり」でもない。その日の感じ方によって、「あお」とも「みどり」とも違う。もしくは日の当たり方でも違う。じゃあ、漢字で「みどり」とも読めるし、「あお」ともよべる言葉作る?みたいな話になる。それが僕の娘のアオの字、紺碧の「碧」なんじゃないか。そういうふうな話をちょっとずつ、いのっちの電話でもする。今僕らが普通に使ってる言葉だって、もともとは詩からきているんだと伝える。言語からはずれたものを詩と誤解しがちだけれど、逆だよ。詩がスタート。詩が言葉を生み出した。今、僕らはその魔力を忘れて言葉を使ってるわけ。マジカルなものを一切封印して。国家装置っていうのもつねにマジカルを封印しようとするよね。「カワチ」なんかで書いてる文章も、言葉にならないものをいかに言葉にするかということだけど、言語のちょっと手前に、僕の絵がある。これも思うままにしか描いてない。売れる売れないは関係ない。浮かんだものだけを描いている。

「マジカル」なものとは何か

さっきから言っている「マジカルなもの」っていうのは、記憶が取りこぼした過去ってこと。記憶からこぼれ落ちた、今ではない今。マルセル・プルーストが『失われた時を求めて』で向かってるのも、結局そういうこと。あの小説の行間全部に、記憶が取りこぼしたものが詰まってる。どれくらいの過去かというと、僕の中では、旧石器時代とか、ホモ・サピエンスになる前のホモ・ハピルスが生きた時代とか、100万年前とか、1万5000年前とか。初めて何かを何かでカンカンと叩いたときに「は！　なんだこの音！」って驚いたこととか、そういうことを僕は書きたいんだよ。書くのは、記憶が取りこぼした過去を自覚するための作業。自覚していない可能性がある。でも自覚していないで、なぜ書けるのか。体は自覚しているんだよ。じゃあ自覚していないのは誰なんだ、というのが僕の小説。つねに、そういうふうにして複雑になっていくわけ。難しいこと言うと、思い出してるから書いてるんだけど書くから思い出す。そこら辺の言葉遣いがいつも気になる。この哲学的な思考回路が僕の原稿のはずなんだ。思い出して、さらに情景をのっけることで、みんなが自分の経験として、もう1回体験できるっていう可能性のある原稿。

歴史は記録できることだけしか残らない。それは当たり前のことだけど、小説を書いているときは、残っているはずがない、大昔の誰かの体の動きとか、消えていってしまうはずのたわいのない対話とかが姿をあらわしているんじゃないかって僕は思ってる。記憶をじっと見ていると、もちろんその多くが自分自身の記憶なんだけど、そうじゃないものも混じってて、書いていると、自分のことよりもむしろそっちの誰のものかわからない記憶のほうが広がっていく。僕はとにかくそれを書き残そうとしているみたい。今の現実がずっと続いてきたわけじゃないからね。人間の体の中には、そんな記憶がたくさん残ってる。それを文字にしたものが今の歴史だけど、体の中には言語化されない昔の時間や空間が詰まってる。それをどうにか形にしたい、言葉にしたいっていう行為が、僕にとっての書くことなのかもしれない。

『現実脱出論』におけるマジカルなもの

『現実脱出論』でも、似たことをちょっと書いてはいる。でも、図式的なんだ。

台所での僕の（妻に対する）言動には脈略がない。話している僕でさえ意味が分からなくなることが多い。（中略）／そんな時ふと、「これは僕の言葉ではないのかもしれない」と感じることがある。（中略）／それはむしろ、幼いころの記憶を突然思い出した時の感覚に似ている。何の脈略もなく、些細な過去の風景や出来事が、頭の中をさっと過《よぎ》る時がある。なぜ今こんなことを思い出すのか、意味が分からない。その時、僕はいつも、突然どこか異国のラジオの電波が間違って入り込んだような感触を得る。／会ったこともないどこかの誰かが、僕を察知し、何かを伝えようとしているのかもしれない。もちろん、言葉は通じないし、暗号は解読できないので、僕はその真意を知ることはできない。／しかし、たしかに信号を感じている。まるで古本屋で買った本にたまたま貼ってあった附箋のように。それは、太古からの人類の本能のようなものが伝達されている瞬間なのではないか。特定の人間ではない「死者」からの伝達。／僕はそれを死者からの言葉ではなく「死者からの附箋」と呼んでいる。附箋、つまりポストイットである。／僕はそれを必死に言葉にしようとするが、全く知らない言語なので、意味ではなく、音しか分からない。まずは見よう見まねで、同じような音を自分の口で出すことからはじめる。だから話というよりも、口という楽器で音楽にもならない音をかき鳴らしているような状態である。（カッコ内は引用者補足）

『現実脱出論』

死者からの附箋が貼ってある本はどんな本なのか？

僕の頭の中に1冊バカみたいに分厚い本があるんだけど、そこにいっぱい「死者からの附箋」が貼ってある。それでページを開いてみてもどこが重要なのかわからない。でも附箋が貼ってあるからこのページだっていうのは、わかる。悠久の時間に付けられたポストイット。しかもそのページは平面的な紙じゃない、輪郭がおぼつかない風景だったりする。立体的な本。それを見ながら、どこが重要なのかわからないまま、でも、附箋が貼ってあるんだからって、僕は写経するようにテキストに変えてる。あとでそれが何かわかるって確信もないままに。それは意味じゃないからね。あとで理解するとかそういうことじゃない。本来なら体の中にじっと音も立てずに残ったままになってることが、テキストをきっかけに外に出る。外に出れば他者が読んだり触れたりすることができる。それが作る目的なんだろうね。

マジカルなものを追体験してもらいたい

原稿を書く僕の手の動きと、読者が同じ状態を経験できるように作るにはどうすればいいか。図式にせず、説明せず、自分が考えていること、頭の中で動いてること、手を動かしたときに体の中で起きていること……そういうことを、読んでいると追体験できるっていうか、追体験でも遅いって感じる、読者にほぼ同時に経験させるにはどうすればいいかってことを考えながら作ってる。こんな本、売れるわけがない。でもむちゃくちゃ面白い！って興奮する人は二、三人いるかもしれない。それを祈りながら作ってる。それでいいんだよ。

「いのっちの電話」にかけてきた人にも同じことをすすめている。記憶からこぼれ落ちた感覚、みたいな感じ、そういうことを、言葉にするように話す。相談してきた人は自分の考えが薄いと誤解しているから、それを解くための作業をしてる。奥があるよって。

2-2

記憶からこぼれ落ちた過去を探して

小説以外の記憶からこぼれ落ちた過去と再会する方法

僕は編み物もする。両手を使って編んでいると、編み棒を器用に動かせるようになってくる。やがて、手が自分の意識から離れて、自動的に動いていく。そうすると、糸のことがぼんやりと頭に浮かんでくる。ずっと昔から、それこそ旧石器時代の人間だって糸を使ってた。その頃のことが頭に浮かぶ。その頃にしてた手の動き、糸を触る感触とかを、僕には記憶がないのに、体は覚えてるんだろう。そりゃそうだ。人間にも本能はあるんだから。これまでのすべての経験が体のどこかしらには残っているはず。最終的に編み物する人は全員同じ動きになってくる。それが上達するってこと。上達すれば上達するほど、同じ動きになってくる。僕は、なんでも上達するまでの期間が一番好き。それは、人類が発展していく何百万年という過程を、すごい短期間で味わう瞬間なんじゃないか。

料理だってそう。鼻で匂いを嗅いでたら、次にどうすればいいか、なんとなく理解ができる。経験してないからってやらなくなるのはもったいない。もうすでに積み重ねてるから。人間一人一人。自分の記憶とは別に、太古から遺伝子は受け継がれてるわけで、僕はそっちの記憶のほうを記憶って思ってる。自分がやってきたことなんかその記憶にくらべたら、たかが知れてて、そうやって自分の過去だけで、生きる道を決めてはいけない。

織物をはじめたら、編み物とまた違っていた。編み物の場合は、太古の人間の普段の生活の記憶が蘇ってくる。でも織物の場合はちょっと違っていた。織物は言葉じゃないもので物語を少しずつ語っているような感覚になった。音楽だと、太古のある瞬間が頭に出てきて、そこに同じ風が吹いていることを感じて、すぐその場所に行けるような気がする。絵画だと、ペインティングは色を初めて見たときの衝撃が襲ってくる。ドローイングは少し違って、体を動かしはじめたときのことが思い浮かぶ。決められた体の動き方から離れて、自分独自の動かし方を覚えた瞬間のこと。それは子供のときの記憶のようで、少し違っていて、僕の知らない情景が浮かんでくる。幼少の記憶は前面に出てきてるけど、ちょっと離れて見るとちゃんと背景に太古の記憶があるのがわかる。

手を動かし、足を動かし、地面の声に耳をすます

手を動かす、自分でやってみる、できることを増やす、という作業は、決まり切ったことをさせようとする、できないことを増やそうとする「現実」に抵抗するだけじゃなくて、太古の記憶を思い出す効果がある。むしろ、それこそが重要で、そうやって、自分の中に眠ってる精霊を呼び起こすってことなんじゃないかな。ちょうど地鎮祭の逆。精霊って言っても僕も見たことあるわけじゃない。別に先祖代々そういう信仰があるわけでもない。

僕は人間と地面は合体してるって感じてる。人間と足の裏にくっついてる地面が合わさって一つの生き物だと感じてる。手を動かしたり、足を動かしたりすると、地面の思考、砂の思考が生き生きしてくる。意味わかんないよねこんなこと言っても。でもみんな小さいときはそうだったと思うよ。その感覚があったからなんでもやってたんだよ。でも、少しずつやらなくなっていく。地面の声が聞こえなくなっていく。権力に囲まれて、抑圧されているってことよりも、地面の声が聞こえなく

なってることのほうがまずいんじゃないかね。抵抗するのを飛び越えて、いつもつねに地面の声に耳をすます状態でいるってのがどんな時代でも生き延びる技術だったんだと思うよ。だから、せっせと手を動かしたほうがいい。僕は目先を次々と変えて、ただ手を動かす。歯車みたいになってるね。機械みたいに。たった一つで暴れまわる部品だからおっかないね。でも、僕は地面とつながって動いてるつもり。人間社会とは少しずれてるのかもしれないけど、社会もすべて地面の上で成り立ってる。

砂の思い出

僕は4歳のときに、よく竜巻を起こしてたらしい。僕は竜巻をよく見てたってだけだと思ってたけど、妹は「恭平くん、竜巻起こしてたよね」って言ってた。僕はぐるぐる回転してた砂つぶのことがそのときから今も頭から離れなくて、砂の小説を書いたりしてて、砂が集まった地面のことを所有するなと言ったりしてる。これなんだろうね。僕はずっと砂が頭にこびりついてる。砂はいろんな地面に姿を変えて、僕の目の前に出てくる。人間がいるところにはどこにも地面があるじゃない。

当たり前なんだけど、僕はそのことをずっと不思議に思ってた。

直感という何百万年もの雫

記憶からこぼれ落ちた記憶があるから直感が働くわけで、だから直感も、ほんとは全然直感じゃない。短い、瞬間的な熟考なんじゃないかと思ってる。しかも自分の熟考じゃない。他者の、死んでいった人たちの熟考。僕が直感するまでに、実は何百万年も経てるってことなんだよ。今暮らしている時間の流れがあるけど、過去には過去の時間の流れがある。その中で、自分の人生ってこれっぽちです、はかないんですよってよく言われる。僕は逆と思う。僕のところまできて僕が思いついたこと＝直感と呼んでるものは、自分が考え出したことなんじゃなくて、体を通して何百万年も前から先祖の先祖の先祖の先祖の……先祖が、体感したことが重なって共鳴しあって響いて届いてきてるわけだから、これは直感じゃない。僕らの直感、0.0000001秒の思考って、歴史から考えると、700万年くらいあるかも。そういう雫が直感だと思う。

直感方程式という夢

僕は高校生の頃、直感方程式を導きたいって夢みてた。直感は僕の中では具体的に見えるものになってたから、これは完璧に数値化できると思ってたの。数値化できるって言っても、その数字は今僕たちが使ってる1、2、3とか数字じゃなくて、僕の体の中で動いている記号のこと。だからそれすら僕には数えたりできない。風景とか匂いとかに姿を変えてる。直感を方程式化したかったというのはつまり、今、僕がやってる、言葉を書くってことと同じ。数学者みたいなつもりで書いてる。意味はわからないと思うけど。僕もわかってない。でも、そう感じるから、こういうふうに言ってる。これも僕の考えじゃない気がする。でも体の中では動いてること。直感のままに言葉にするってことは、自分が消えて、体が喋るままに口を開いてあげるってことなのかもしれない。そうやって喉を震わせて、舌を動かして、声にする。だから僕はよく自分が言ってたことを忘れるんだと思う。

僕は誰?

なぜビギナーズラックするかって言うと、過去を再認識してるから。初めてやったんじゃない。人類誕生のときからの作業をずーっと思い出してる。自分の血筋というか、自分を培ってきた、自分という人間にいたるまでの何百万年前からの自分っていうものが場所も時代もいろんなところにいるわけ。「私は〜」って言ったときの主語の「私」は、自分じゃない。あらゆる生物、植物、魚でもあると思うんだよね。僕は小説の中で「私」とか「私たち」とかよく使うんだけどそれも自分のことというよりも、あらゆるものって感覚で使ってる。僕の小説では、植物はすべて人間の言葉を知っている。家も植物。死んだ木も関係ない。木は木材になろうが、死んでない。彼らは無数の神経繊維を持ってるから全部通じる。

僕はどんなときでも過去を思い出せる。だから何が起きても、なんにも焦りがない。あわわ、どうしようとかそういうのもないんよ。妻のフーとつきあってすぐのとき、タクシーにのってて、渋谷で、前の車にぶつかったら、運転手のおっちゃんの目がゾンビみたいになってた。癲癇だった。僕はフーに「ハンカチ持ってっか」って聞いて、口の中に突っ込んだ。僕、そんなことやったことない。対処の仕方を知らなかった。でも、どうすればいいっていうのが、即座にわかった。多重人格的に何かを経験してる。

素材は記憶にしかない

記憶を細かく分けていく。割って割って割っていく。そうすると、また広がっていく。固まってた記憶は分割していくと、少しずつ動きはじめる。つまり時間が流れてくる。時間は現実世界の中にしか流れないって思い込んでるかもしれないけど、記憶の中にもまったく別の、言葉にすれば時間と呼ぶしかない流れみたいなものを感じることができる。でも本当は違うんだと思う。むしろ現実世界の「時間」はそこで流れているものを比喩にしたものなんじゃないか。僕は書くときにいつもそういうイメージ、つまり『現実脱出論』(2014、講談社現代新書)で書いた「思考という巣」を具現化してみたいって思いがずーっとある。それをできるのは、小説以外僕は知らない。絵でも難しいと思う。やっぱり言葉って、バカにできない。

一番最初に『0円ハウス』(2004、リトルモア)という本を出した。それは路上生活者の家の写真集なんだけど、僕は彼らの家を観察したかったわけではなくて、まさに彼らが作っている家が、「思考という巣」が現実世界で具現化された姿だと思っていた。だから、それをそのまま表そうと思って、写真も撮って写真集というものに編集してみた。でも、そのときにはうまくいかなかった。いつか具現化してみたいっていう思いはずっとあった。だから『0円ハウス』から最新作の小説『建設現場』（2018、みすず書房）も僕の中では一貫してつながっている。でも、まだ物足りない。

書物は記憶からこぼれ落ちた過去の比喩である

書物は、記憶からこぼれ落ちた過去の比喩になっている。さっき言った頭の中の立体的な、それこそ四次元的な本が僕にとっての本来の本なのよ。でもそれを現実の世界で読むことはできない。いつかはそれをそのまま現実世界で具現化してみたいと思うけど。それは僕が生きているこの行為そのものってことなのかもしれない。言葉にすること自体が体の中で聞こえている声を比喩にしたもの。だから僕は書物の中で比喩を使わないようにしてる。僕はただ見えたままを、頭の中の本に記されてるままを、できるだけそのまま現実世界に表すにはどうすればいいかってことだけ考えてる。どれだけやっても比喩になるから、気が狂いそうになるけど。

「読む」意味、「書く」方法

本を横に置いて小説を書いてる。『けものになること』（2017、河出書房新社）なら、ドゥルーズの『千のプラトー』（河出書房新社）の第10章だけを見ながら書いていた。1行読むと、30行小説が浮かぶ。3行が原稿用紙20枚になることもある。本を駆動させる感覚。薄ぼんやりと本を見ながら、書く。本に書かれている感覚だけを、全部写している感じ。ドゥルーズも、おそらくそんなふうにして、アンリ・ベルクソンやアルトーを読みながら書いてたはず。書物が記憶からこぼれ落ちた過去の比喩になっていると言ったけど、じゃあ「読む」っていうのはどういうことか。それは、予期すること。今の人は読書を、右から左に目を通して意味を理解することだと思ってる。でも、本来は、スライダーを読む、空気を読む、先を読むとか、そっちこそ読書なんだと思う。つまり、僕は理解するために本を読んでいるんじゃない。だから書評とかは書けない。自分の頭の中や体で感じたことでありながら、しかも自分ではないものの声の集合、それが立体的に立ち上がり、生きたまま動いている……本は比喩的にそれを表している。三次元のコップに照明を当てると、二次元の影ができる。本はその影に過ぎない。影を見て、実体がコップであるというところまではなんとか読み取れても、コップの中にどんな液体が入ってるかなんか想像できない。水とビールの違いなんか影からはわからないし、液体じゃないかもしれない。だけど、影を見てたら、そこに何かが入ってるかは予測できる。だから本って面白い。言葉を使っているから、理解ができるはずだし、それは情報の伝達のように見える。でも、実は伝達じゃない。伝達は不可能なの。でも、言葉の集合から、何か別のことを予感することができる。影だけを見て、実体が何かってわかることは永遠にない。こっちはどこまでも先を読んでいくしかない。予感していくしかない。正確に理解する、っていうような固定された体の動かし方じゃなくて、延々と変化するものをこちらも変化しながら脳みそと体と記憶と空想を総動員して、創造していく。それが読書の面白さじゃないかな。

読書遍歴

『幻年時代』（2013、幻冬舎）を書いているくらいまでは、僕は本が読めなかった。

まったく読書をしなかったけど、小さい頃から、とにかく話したいと思ってた何かはいっぱいあった。言ってみてもあんまりうまく伝わらなかった。そのときに書くっていう方法があるって知らなかった。だから、体の中で「かわら版」を作ることにした。誰にも言わずに、勝手に想像の世界で作ってた。いつか感じてくれる人がいたら読んでほしいと思いながら。僕は本を読んできて、本を書きたくなったとかじゃなくて、よくわからないけど、違う世界のことを感じてたから、それをどうにか外に出さないと耐えられなくなって、でもやり方がわからなかった。だから本を読むと、すぐ「あ！　こんな方法があるのか！」って興奮して、本を放り出して、

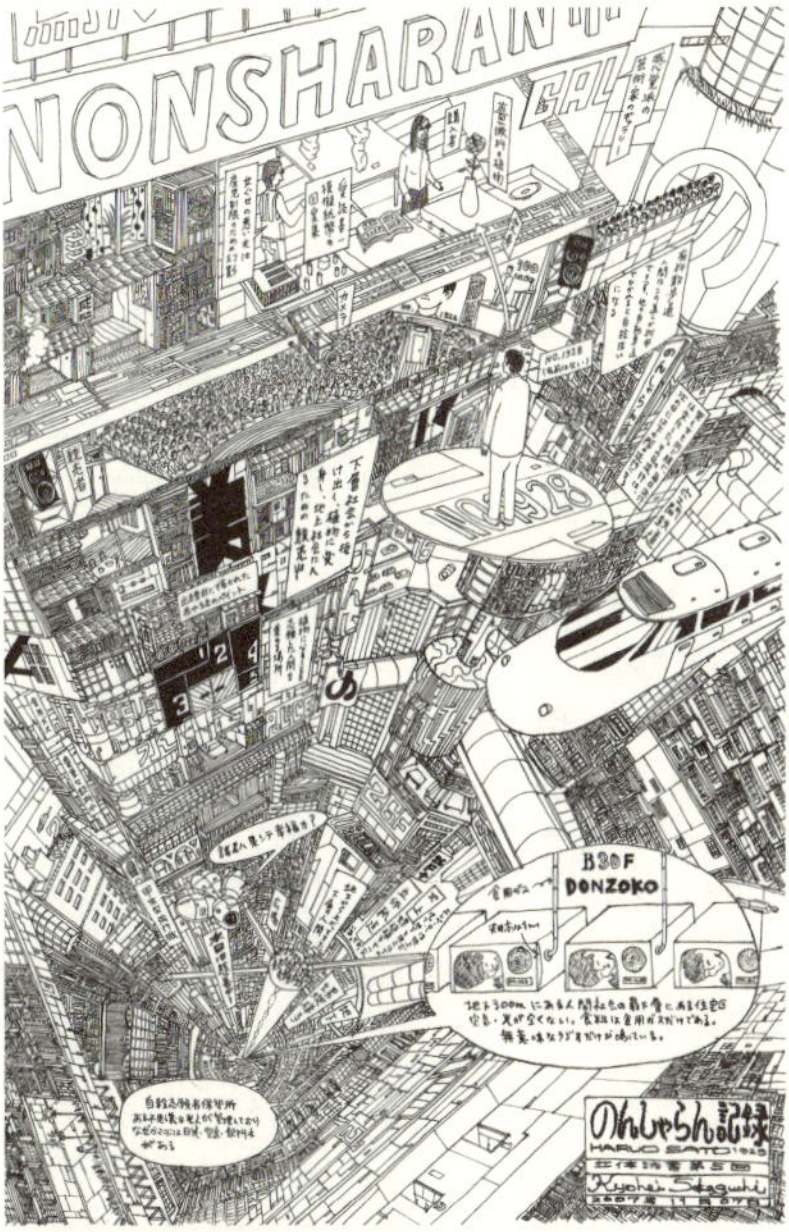

僕はすぐ飽きるので本を読み通すことができないが中に描かれている空間を立体的に感じられる。そんな自分の読書法を「立体読書」と名付け絵にした。2005年頃から制作。上は佐藤春夫、下は夏目漱石。『思考都市』（日東書院本社）所収

自分で書いちゃうようになった。だから落ち着いて本が読めなかったってことなんだろうね。
読書してみたら、こんなにブリリアントな人たちがいたのかって驚いたよね。文字の世界が色と形を持って広がっていた。今の僕は小学生が本を読みはじめたようなもの。吸収するってこういうことかってまざまざと感じる。今僕はスポンジだよ。まさに今、知の喜びを味わってる。

「おれはドゥルーズだ」

でも僕につながる過去の誰かは、読書していたんだと思う。その人は、ドゥルーズだったんじゃないかな。『けものになること』の1文目は「おれはドゥルーズだ」ではじまるけど、マジで思ってた。マジじゃないと書けないでしょ。マジだからやばいんでしょ。

おれはドゥルーズだ。どう考えてもそうだ。見た目も知らなければ、彼がいつ死んだかも知らない。死んでいないかもしれない。しかし、明白なことがある。それはおれがドゥルーズであるということで、つまり死んだ男が、今、ここにいるのだ。わたしは、いつまでもそれが続くとは思えない。もう足の指先は幾分冷たくなっていて、小指の爪は跡形もない。それなのに、わたしは、おれがドゥルーズだと分かっていた。明確にそう認識していた。わたしは書いている。おれが書いているのか。わたしは書いていた。なぜ書くのか？　おれはそれを考えている。何を？　書いていることを？　違う。眠ることを。死なないことを書いている。

『けものになること』

今、僕はアルトーになった

今僕はドゥルーズが憧れたアルトーになっている。『シネマ2＊時間イメージ』（法政大学出版局）っていうドゥルーズの本を読んでいると、アルトーについて数ページ書いてあった。アルトーこそがドゥルーズの本丸だったんだけど、意味があんまわかってなかった。今アルトーである僕なら、その数ページで、原稿を何百枚も書くことができる。僕はそういう衝撃とかインスピレーションだけが必要で、あとはかわら版作者としては訓練してるから、読書はちょっとでいい。僕にはインプットがまったく必要ない。なんにもいらない。インプットしてアウトプットするような芸術家じゃないんだと思う。ただ体の奥底に何かがある。僕も見たこともない世界が。そこは湧き水みたいにずっと何千年も何万年もイメージが湧き続けてる。僕はそれをこちらの世界に出すトンネルになるだけ。だから鬱にはなるし、死にたくなるし、体は動けなくなるのに、これまで一度も書けなくなったことはない。どんなにへばってても、普通に日常生活送るのはまったくダメでも、布団にくるまってても言葉だけは延々と出てくる。鬱のときは逆に1日に50枚ぐらい書いてしまう。時間が重くて、どんどん迫ってくるから、無心になって書くしかない。外に関心はまったく向かないし、誰とも会えないし、それこそ風呂に入るとかそういう作業もできなくなっちゃう。その分、時間だけはたっぷりあるからね。悲観的になるだけだから、内面と向き合うのも辛くてそれもできない。外にも内にも向かわないで、ただのトンネルになるしかないから、ただ書く機械みたいになっていく。絵も同じ。僕の絵も下手だけど、もう技術とかそういうことは置いておいて、とにかくイメージだけは出てくる。何を描こうと考えたことがない。歌も同じ。ただ出てくるだけ。だから変にインプットするほうがぎこちなくなる。僕はただ自分の中に湧いているものを、ただ外に出すだけで人生を終わらせるんだと思う。一生それだけは変わることなくやっていくんじゃないかな。売れても売れなくても関係ない。食えても食えなくても関係ない。金があってもなくても関係ない。ただ出すだけ。そこにあるんだから。インプットは本当に必要ない。それに気づいたのは本当ここ3年くらいだけど。それまではなんで本が読めないんだ、人の絵を見れないんだ、音楽が聴けないんだって悩んでいた。そういうとこは素朴に悩む。他の人と全然違うから心配してた。でも実はスランプなんて一度もなかったことに気づいた。どんなに絶望して家に引きこもって落ち込んで自信がなくなっても、つくり続けている。不思議だけどね。だからこうしたいとか夢もない。ただどうやったら、もっと素直なトンネルになれるか、自分が消えるのかってことは考えてるけどね。

不安がないキャリア

僕の小説は、ジェフ・クーンズ的なことができているはずだと思ってる。クーンズのペインティング（P113）が好きなんだ。まったく二次元で、完全に平らな絵なのに、絵画であることからも離れて、平らに見えない。後ろに引き下がっていく奥行きが感じられるし、手前にも出てくるし、でも矛盾してて破綻している。しかしながら絵画として現実世界では普通に売買されている。あれも体の中、頭の中の四次元的な書物が具現化されている一つの例なんだと思ってる。目指すビジネスモデルとして、ジェフ・クーンズは一つアリなんだよね。でも、あの人も結局、自己模倣を繰り返してる。僕はもっと繰り返したくない。つまり僕はこの分裂したキャリアのままでいい。ぜったい食いっぱぐれない自信はすごくある。不安がないんだよな。将来の展望みたいなのはないのに。もちろん具体的な、1～2年くらいの執筆計画はある。手が追いついていなくて書けてないけれど。僕には新しい小説「カワチ」が未来の塊なんだ。まずそこを見ない限りはダメだと思う。小説が僕の計画書で、僕の感覚の定着で、カルテ。

ベタ絵を見分ける

クーンズの絵とは違って、これ絵だ、ってわかっちゃう、深みがない絵、手を突っ込めない絵を、僕はベタ絵と呼んでいる。奥行きがない。ディープイリュージョンがゼロなの。僕が好きな、フランティセック・クプカの絵（P113）も具体的じゃないのに、奥行きがある。えっここなんだっけって、手を突っ込めるじゃん。裏側までいけるか、とか。あ、ここで止まったとか。僕、人に絵や小説を見せてもらっても、言うのはだいたいそれだけ。これ、手前で止まっちゃうとか。ベタ絵かベタ絵じゃないかを見分けるのは訓練すれば誰でもできるようになる。たくさんの作品を、見くらべていく。それが勉強。ちゃんと絵を見て、違いを感じ取る。見ていけばわかること。これは普通の努力だけどね。つまり努力で変わることを努力でやんないとまずい。

ベタ絵にならないように書くには

僕の書いたもので言うと、例えば『隅田川のエジソン』（2008、青山出版社）はベタ絵だよね。物語になっている。でも、面白いのは、やっぱり有能な人ははじめ下手なんだよ。ちゃんとすこしずつ上手になっていく。クプカも、若い頃はまだデザインで、何かのための絵を描いたり、神話を元に描いたりしてる。そこから変更して、成長していく。シンディ・シャーマンもそう。はじめはベタ絵。でも、今の写真は、ありえないくらいディープイリュージョンになっている。ベタ絵になるのは自分の手癖で描いてるから。僕は手癖で一生書かないって決めている。偏頭痛持ちなんだけど、こんなことしてたらそりゃ頭痛くなるよ。とても大変だから。いつも不思議なのは鬱のときに、きつくて、もう何もできないって思うんだけど、かと言ってずっと横になってるわけにもいかないから、文や絵を作ろうとする。作ってても、全然いいと思えない。まとまりがないし、手元もふらふらで、書きたいことも描きたいこともまったくない状態でやってるから、当然出てくるものもおぼろげで頼りない。「余計に鬱になる」とそのときはブツブツ言ってる。ところが、あとで鬱が明けたときに見ると、全然違って見えるんだよね。そのとき手癖は使ってない。逆にこれでいけると確信しているときのほうがベタ絵になるのかもしれないと思ってる。だから、自分の中で違和感感じまくってるときのほうが奥行きが出る。立体感が出てくる。でもそのときは気づけない。つい捨てそうになる。その前に作ろうと思えない。でも、そのときは変化してるってことなんだと思う。しかも、いつもそのことを忘れてしまうから、その都度言い聞かせとく必要がある。一番、嫌だなダメだなやりたいこともないなとか思ってるとき、その究極で鬱になったとき、実は自分の手癖から離れて、別のものが起動しはじめてるんだってことを。

なんのためにベタ絵にしたくないか、というと、中を歩けるようにするため。中に人が入っていけるようにしたい。言葉という二次元のものに空間を増やそうとしてる。これを建築家の仕事と僕は思うわけ。それはバックミンスター・フラーとかがやりたかったことだけど、彼が作った建築はベタ絵に見える。でも、彼の思考回

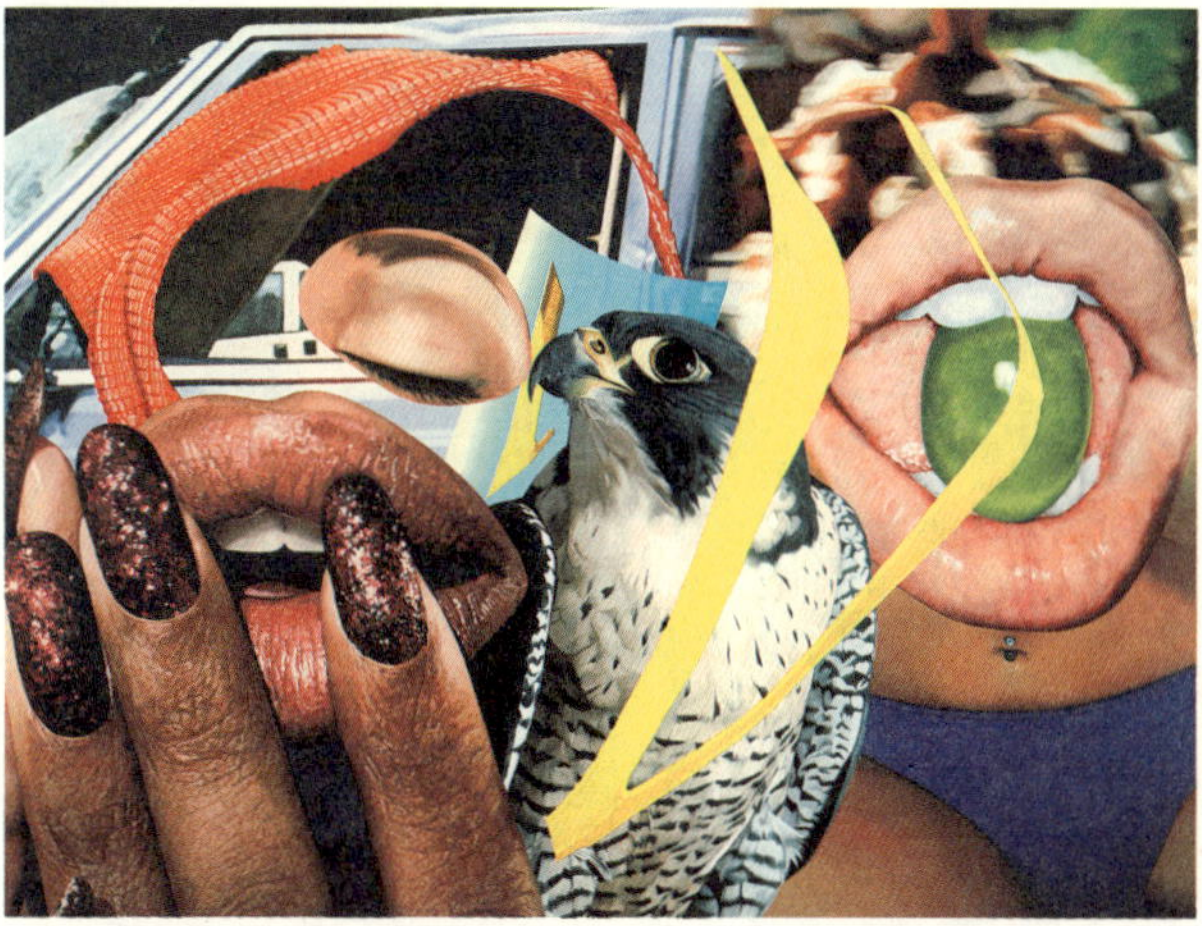

Jeff Koons, *Auto*, 2001 © Jeff Koons

Artist: Kupka, Frantisek,1871-1957
Imagetitle: Hinduistisches Motiv (oder: Abgestuftes Rot). 1919/1923.
Location: Paris,Musee d'Art.Mod.de Ville
提供：Artothek／アフロ

路はベタ絵じゃない。だから、その思考回路のほうを僕なりにもっと展開してみたい。

ファミコンの不自由さが嫌いだった

僕の小説は、プロット通りになることはなく、ずれていく。プロット通りに行ったら、物語になっちゃう。つまりベタ絵になる。それだと結局僕が面白くない。世の中的には面白かろうが、僕にとって面白くない。

プロットを避けるのは、僕が小さい頃ファミコン嫌いだったことにも似てる。バグは好きだったけどさ。決められた筋書きでやろうとすると、体がおかしくなる。筋書きって空間が作られてるように見えるけど、止まってる。時間が流れていない。頭で考えられる構成って、一つ一つが動いていかないからどうしても息が詰まってくる。ファミコンをやってても落ち着かなくなって、それでペーパーファミコンって呼んで、ノートでRPGを作るようになった。ルールも全部決めずに、その場で即興的に進めていった。そうやると、なんか体に風が入ってきて楽になる。結局、僕の場合は自分の体調に一番いい方法はなんなんだってところから作ることがはじまってるんだと思う。

「わからない」をゆっくり思考する

ディープイリュージョンに手を伸ばすには、簡単に言うと、自我を捨てればいい。でも、ふつう捨て方がわかんないよね。でも鬱になると強制的にその状態にさせられる。鬱になると、自動的に自我よりも速い速度で考えるようになる。ヤニス・クセナキスが作った曲はふつうじゃ弾けない。でも、超速弾で弾いて、「音の雲」を表現しなきゃいけない。じゃあどうするか。高橋悠治は超面白いことを言ってる。高橋は、譜面を見て、一音一音確かめて、一音一音ゆっくり時間を引き伸ばして弾けるようになって、とてつもない遅い速度で完璧に弾けるようになって、あとは時間を縮めるだけっていうようなことを言ったの。僕が小説でやってるのはそれだよ。「わからない」っていうことをゆっくり思考する。そのあとで速く思考していく。そのときに何がなくなっていくか。まず自分が書いたものをどうしようとか、どうやって売ろうとか、自分はこういうものを書いてみたいっていう「かたち」が持てなくなる。足腰がグズグズになっていく。その状態でも生きる。これは、本当に修

坂口恭平画集『God is Paper』（ISI PRESS）より（P123まで）

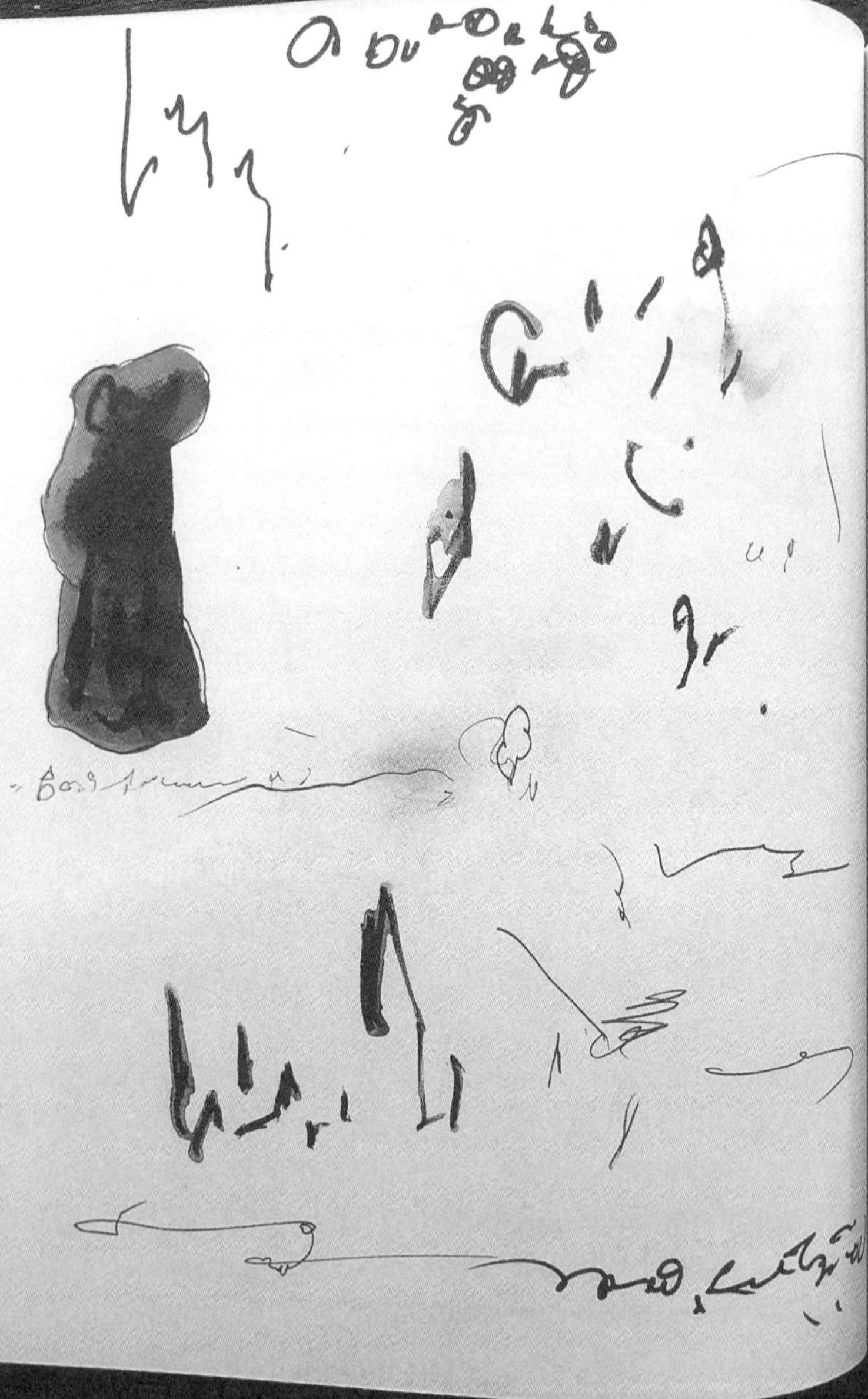

行だから、人には一切おすすめしてない。ふつう、できないもん。僕はそういう意味で軟体動物系で、無脊椎動物感覚もあって、さらに溶けてるっていうか、なかなか珍しい人間だと思うよ。『0円ハウス』以来、15年鍛錬してこうなっちゃってるってのもやばいんだよ。ふつう鍛錬したら洗練されちゃうから。鍛錬して混沌のギリギリ2センチ手前で保つ。混沌ではない。混沌ってのは、uncontrollableだから。controlできてないってのはまずい。薄い膜の向こうには混沌がある。だけど、ギリギリ膜の内側に小説を入れてる。みんなが、言語として受け止められるぎりぎりじゃないかな。

予測して書いたり、矛盾を修正したりせず、書く

書いているときに確認するのは自分に嘘をついてるかついてないか、だけ。言葉を書いてて、体から出てきてるか、すでにあるものを見て書いてしまってないかをつねにチェックする。何が正解かとかはないんだけど、そうやって作っていくと背骨ができる。僕の書くものはプロットはないんだけど、背骨はあると思ってる。書くということはその背骨を発見すること。

2019年9月頃の作品（P128まで）

書くことは、とにかく現場主義。現場だけを、つまり書いているときに感じたことだけを頼りに、そこに浮かんできたもの、表に姿をあらわしたものだけを、正確に発掘していく。いくつか断片が揃ってすぐに既存のものとの共通点を見つけて方向性を予測したりするんじゃなくて、とにかく発掘したものの輪郭線だけを正確に追っていく。その場に出てきたものだけを、たとえ矛盾してても信じる。書いているとすぐに矛盾を訂正したくなる。現実世界で考えたらおかしいと思うとつい書き直す。でも、「カワチ」は初稿で2000枚書いたのに、人物表すらなんにも作ってない。書いている途中で忘れたものは、実際に自分が忘れたんだから、忘れられたものとして捉える。それがリアル。現場に生き物の気配を感じると、書くのも楽しくなってくる。しかも、それはいつも見たことのない新種の生き物なんだよ。新種だってのはわかるけど、具体的にはやっぱりわかんない。書き終わってもわからないまま。昔の生き物や、昔の人間の脳の中がどうなってたかなんてわかんないわけじゃん。残された骨だけで判断するしかない。彼らがどんな歌を歌っていたのかとか。絶対にわからない。僕が探りたい記憶はそういうわからないものにまつわっている。発掘してももう現在では残されていないもの。太古の歌とか、人間の体の動きや、そのときに吹き抜けた風とか。それはどんな方法を使っても歴史としては残されていないし、絶対に再現することはできないって思われている。僕はそれを探っていきたい。どうせやってもやっても僕のやってることは勘違いだろって言われ続けることになるんだろうけど。

神の視点を使わない

僕の小説は、一人の人間が書いてる感じじゃない。誰かを見つけなきゃいけない。朝、小説の世界にすこしずつ潜っていく。一人の世界に戻らなくていいからすごく楽なんだ。小説の世界に落ちていく。降りたところがどこかなのかは、いつもわかんない。お、今日はここ！って毎日思う。

「カワチ」を書いていたとき、ある日は植物が乗り移ってしまった人間の話だった。植物ってどうやって喋るのかなかなかわからなかった。でも、実際に自分は体感はしてる。それを現実の言葉で表そうとすると矛盾しちゃうから大変になる。植物はまず目が見えないから。それってどういうことなんだろう、っていうのを書いた。前に進まない。だけど、大事なことは前に進ませることじゃなくて、そこで起きていることをちゃんと目の前のこととして、書くこと。ちゃんと見えた通りにやるしかない。そこで浮かんだイメージに、限りなく忠実に。「物語」ではない。物語は

語り手がいて、書き手の神の視点でしかない。iphoneとか弄ってる人間の視点。それはすごく超つまんない。いつも僕は書きながら、自分が立ってる地盤がぐずぐずに崩れてるのを感じる。だから、落ち着いて外の世界を見られない。距離感もつかめない。まっすぐ歩いていると思っても、どんどんずれていくし、時間が遡ったりもする。でも、それはいつも現実の感覚で考えるからおかしいだけで、立ってる世界の感覚ではとても自然に過ごしている。そこでの自然な振る舞いのまま過ごす。過ごすってことが書くこと。何か作ってるわけじゃないんだと思う。違う別の現実で過ごして経過した時間に似てるけど、時間とは別のものの記録。それが僕の書いていることなのかもね。だから、第三者の視点なんてことがありえない。いつも目の前のことを書くしかない。しかも重力も違うし、太陽もそこにはないんだから。光っていても、太陽に似てる太陽でしかない。

作ったものが、残らなくてもいい

そうやって書いた文章を読んだ人の中で、歌や音楽が鳴ることがあるかもしれない。時空間が浮き上がってきて、その中に入って、周りを眺めることができる瞬間が訪れるかもしれない。いつかそういうことを実現してみたい。まだできてないと思うけど、いつかやってみたい。僕は書くだけじゃなくて、歌も作ってるけど、どちらもそういうことを念頭に置いてる。

自分で作ってる感じもない。僕の歌はよく何かに似てるって言われることがある。でも、何に似てるって聞いてもわからないとも言われる。どこかで聞いたことがあるような、どこにもない歌って感じなのかも。どこかで聞いたことがあるような気がするって、どんな人の体の中にも歌が実は残っているってことなんだと思ってる。フランク・オーシャンもソランジュも大好きだし、ああいうかっこいい音楽を作りたいなって思うときもあるけど、僕が歌を作ると、いつも童謡とかアフリカのどこかの部族の歌みたいになる。そういえば、僕の「休みの日」って歌と黒人霊歌の「こげよマイケル」って歌がそっくりだって教えてくれた人がいてびっくりした。僕は全然知らない歌だったんだけど、聞いたら本当そっくりだった。だから、僕は作ることが目的ですらないのかも。自分独自の作品を作りたいって思ってるわけじゃない。それよりも体に嘘をつかない。体から出てくるままにさせる。できるだけ不自然じゃないように、できるだけそのまま生のまま出せるように修行していきたい。できるだけトンネルそのものでありたい。

僕は残すことに興味があるようで、実はあんまりない。歌は、残らないけど残るもの、残さないけど残るもの。書いた本から歌が鳴ればいいよ。聞こえてくればバッチリ。みんなと読ませ方が違うんじゃないか？　でも読み方がいっぱいあるってのが本。他の本と同じ読み方で読んだら、僕の話なんてわけがわかりません、で終わり。僕は、そこの中にあったと感じるとか、音が鳴ったとか、どっちかというとそっちの感覚器官が動いたか動いてないかだけしか求めてない。

死にたい人に「今、何が思い浮かんでるの？」と訊くと

いのっちの電話をかけてきた人にもよく話す。死にたいと思っているときっていうのは、外の世界＝現実世界に対する興味がなくなってる状態だよって。何事にもまったく反応しなくなってしまうのを、「興味がなくなった、好奇心がない、何やっても面白くない、つまらない、退屈だ、死にたい」ってつい思ってしまいがち。でも、実は外の世界は見られないんだけど、頭の中、夢の中、ふと思いつくこと、とかには注意がいってる。むしろ、そこだけに反応している。だからよく聞くの。「今、何が思い浮かんでるの？」って。すると海が見えるとか教えてくれる。

「真っ暗で何も見えないけど、多分海が見えてます」

「えっ、今、お昼だけど、あなたの頭に浮かんでる海は何時くらい？」

「えっ、そんなふうに考えたことなかったけど、多分深夜2時くらいです」

「どんな格好しているの？」

「なんか厚手のジャケット着てます」

「現実の今は、真夏なのに」

「そうですよね。でも頭の中はなんとなく11月くらいです」


とか、そんな会話をしてるの。苦しんでるときってのは、現実世界がベタ絵になってしまってる。既存の言葉で、自分の状況を「絶望的だ」とか「鬱だ」とか決めつけてしまってる。そうやって、その言葉の目で世界を見てしまってる。だから、奥行きがなく、平らに感じられる。そりゃ当然息が詰まってくる。だからそういうときはペーパーファミコンを作る要領で、自分の中にある別の現実への注意を強めたらいい。さっき会話を紹介した人には、どうやら船の中に人が乗ってることがわかって、それが誰かを突き止めるために、思い浮かんでるままに書き出してみたらってアドバイスした。今、その人にはそっちのほうがリアルなのよ。人間は現実こそがリアルで、それ以外は妄想、空想ってことになってる。でも本当は違うのよ。

現実だってベタ絵になるときもある。リアルは現実的ってこととは違う。

あると思ったらある

毎朝原稿が書けたら、橙書店の田尻久子ちゃんに送ってる。いつも書いたあとには、久子ちゃんに、僕はまちがってるんじゃないかとかこれまでは毎日聞いてたの。このまま書き続けてもいいのか不安で不安で。『建設現場』のときも。これでいいのかと不安で。でも「カワチ」のときは1回も聞かなかった。まちがってないって自信を持ってたわけでもないけど、疑問にも思わなかった。ただ、書いて送るだけ。久子ちゃんも読むだけ。なんも感想もない。そういう問題じゃない。とにかくトンネルになりたいと思ってる。トンネルである僕がこれがいいとかこれが不要とか判断したらダメでしょ。とにかく判断しない。そのかわり、向こうにあるものを、こちら側に連れてくるためにちゃんと穴を開けておくだけ。トンネル内も、きれいに舗装したら通しやすいってわけでもない。コンクリートで固めたってすぐ地鳴りがするからひび割れちゃう。現実の建築の感覚でやるとうまくいかない。そこでは常識もないし、すべてが矛盾しているし、知らないことしか流れてこない。それでも大丈夫なトンネルってどんなものなんだろう。毎日考えながら、自分の体を鍛えてる。鍛えてるって言っても、走ったり、スポーツしたってダメだからね。ときにはぐったり寝込むことも大事な筋トレだったりする。書いたことを理解するとか理解できないとかじゃないんだろうね。でも、あるか、ないか、ってことには集中する。そこに何か「ある」んだったら「ある」。だって世界をそういうふうに言わないわけじゃん。この世界は存在するとか存在しないとかさ。あると思ってるからあるじゃん。だからとにかく自分で判断しない。自分はただのトンネルになるために独自の訓練を行うだけ。それが僕の『独立国家のつくりかた』（2012、講談社現代新書）の本当の言葉だけどね。あると感じたから、新政府という自分の中に出てきた概念、時空間をできるだけ生のまま出そうと試みた。今、みんな「新政府の領土はどうなってるんですか」とか言ってるけど、あなたが信じてること自体が奇跡だよ。あると思ってることがすごいよ。あるんだったらあるよ。僕以外の誰か一人でも信じたらそれはもう真だからね。

「カワチ」

実際に最新作を見てみよう。「カワチ」は大長編叙事詩みたいなものなんだ。

……それでも残る、ワニのどこかが、遠くへ向かっていた。これはなんだと、疑問に思うこともなく、わからない景色の中を悠々と飛ぶ鳥、その中の鳥。その中のワニ。中にすらいない。外にもいない。ワニは自分がどこにいるのか、行方不明になり、探すこともしなかった。それでも形がむくむくと芽がでるように、伸びていくので、知らないものが形として、そこにあるので、そこにも必ず時間がながれていたので、ワニはそこにはいないのに、体を感じていた。つかむことができない前に、つかむものがなかった。形になっているのに、形はいつも変化していて、指の間から抜け出ていく。指すら、粒子になって、砂つぶのようにこぼれ落ちていく。それなのに飛びあがって、高度をぐんぐん上げていく鳥。鳥は目的地を見つけたのか、羽の角度を変え、自分の身の重さを思い出していった。空気はその変化に形をかえ、手拍子をするように音を鳴らした。林立する樹木。枯れた樹木、緑に覆われた密林、砂漠、いくつかの地面、鳥は迷うことなく、羽の動きを一斉に止めた。落下する羽。落下する体。鳥はそのまま遠くに飛び立っていく。何かだけが落ちて、ワニもまた鳥の目で、むこうの空を眺めながら、落下していった。小さい点になった、また向こうの穴、それはまっくろい太陽のようだった。あの中に消える鳥。ワニもまた自分の体に戻っていった。そして落ちた。ワニもまた、ここにいた。ワニは目を開いた。遠くに人影が見えた。ぼんやりとした、視界に見えた、人間の輪郭がくっきりとしていた。女の顔が見えた。女はこちらに近づいてきた。女はワニの体をさわった。女はワニに声をかけた。聞いたことのない声だった。それは当たり前のことだ。ところがワニには驚くべきことだった。ワニは聞いたことのない声を聞いたことがなかった。ワニの中にはすべての記憶がつまっていた。つまりこれは記憶ではなかった。

人間的思考と山犬的思考

「カワチ」っていうのは、うちの実家がある、『徘徊タクシー』(2014、新潮社)の舞台の「河内」でもあるし、ペルーのナスカ文化の中にある「カワチ遺跡」でもある。この二つの土地は、同じような地形をしている。日本語では、「河のなか」の意味になるけど、海沿いなのに河のなかという地名……なんかおかしいよね。一方、

「カワチ」は現地の古い言葉では「預言者が住む場所」という意味があるらしい。「河内」のほんとの意味は「預言者が住む場所」なんじゃないかな。しかも、僕の先祖たちはペルーに行ってる。そこで、二つの土地をリンクさせて小説を書いている。だからタイトルはカタカナで「カワチ」ってした。

後付けみたいだけど、全部事実ってそういうもの。後付けというのは、僕には「人間的思考で」って意味なんだ。人間的思考にすると、そういうふうに言い換えられるよ。こうやって人に説明しようとすると、なんだか変に勝手に結び付けてるだけみたいに見える。でも、あらゆる人の事実って全部「後付け」とも言えるんじゃないか？　だから書いているのかもね。僕が感じたことすべてを、僕の意識そのものを、無意識も含めて、体の中で動いてるものを。それが「カワチ」では200枚80万字になった。人間的思考、つまり、説明をして伝達するってことから抜け出そうとしているのかもしれない。それよりも山犬とか植物とか、そういう生き物の意識そのものになって、でも人間の言葉を使って、具体的に形にする。それが僕にとっての書くことなのかもしれない。山犬的思考は言葉では言えない。その感じが好き。

昔の人は、そこに木の実があると気づいてるわけでもないのに、歩いて必要な木の実と出会ったらしい。出会うと思いもしないような鹿にも、出会う。でもそのときに無意識に、何か匂ったとか、足跡を見つけたとか、糞を確認して、近くにある、いるかもしれないとか思ってたのかもしれない。けもの道を読むみたいなもん。僕はシティボーイのようにしてるけど、結局山犬なのよ。そして、僕が思うに僕は、けもの道を走っている。どちらかというとけもの。実際には自然の中にいるのは苦手なんだけどね。

小説でどこまでいけるのか？

「カワチ」については、僕もわかんない。わかんないまま書いてる。書く前の緊張感はあった。カタチのないものを作っていたから。カタチはないのに、何か「ある」。だからじっと凝視するしかない。目で見ても見えないから途方に暮れる。一体、僕は何をやってるんだって思うときもある。小説を書いてると鬱になるときがある。わけがわからなすぎて、一人ぼっちになって、どうしたらいいか苦しくなるときがある。寝込んじゃうけど、橙書店の久子ちゃんは「出てきてるんだから、もうそれが何かとか考えずに、ひとまず出しなさい。出さないと逆に体に悪いよ」って言ってくれる。彼女は一度も質問なんかしない。ここがわからないとかも言わない。ただ読んでる。そうやって、周りの人に助けられてるところは多々ある。

今日書き上げられないかもって不安にもなる。潜水する前の緊張みたいなもの。『建設現場』のときの日課は毎日10枚くらいだったけど、「カワチ」は20枚っていう息継ぎにしてみた。それくらい出てきた。それぞれの本ごとに毎日出てくる枚数が決まる。最初に思いついて書き出しを書いたときにそれがわかる。何枚くらいの小説なのかって分量まではっきりわかる。いつもどこまでいけんのかなあって感じがある。不安。

「舟鼠」という謎

僕の中に湧いているものの一つに「舟鼠」っていう、アルゴリズムというか、考え方というか、概念がある。「舟鼠」というタイトルの原稿もあって、2013年からもう500枚以上書いているんだけど、なかなか形にならない。時代劇風で、舞台はちょっと古い時代っぽい。でも「舟鼠」を書こうと思うと、どんどん次が思いつく。一体なんだろうね。僕もよくはわからない。『坂口恭平　躁鬱日記』（2013、医学書院）も『徘徊タクシー』も『家の中で迷子』（2018、新潮社）も「カワチ」もそこから生まれている。「舟鼠」は、さっき言ってた頭の中の立体的な本の正体ってことなのかもしれない。いつかそれを具現化できたときに「舟鼠」って名前を付けるのかもしれない。「舟鼠」の世界にはどこからどこまでの時間とか区切りがない。どうやらそこは地球ではあるらしいんだけど、人間が生まれる前、まだ生き物もいない、植物はどうにか生えてるって時代のこととかも書かれている。人間はあくまでも登場人物の一人にすぎない。「舟鼠」は古事記としてまとまる前に存在してた書物らしい。そういうイメージがある。それは自分の中の神話ってことなのかな。でも、それともまた違う気がする。植物しか生えていない時代に流れている時間、そこで吹いている風とか、そういう形に残っていないものが書かれている。書いたのは、僕じゃない。だからこの本もすでに書かれているんじゃないか？「舟鼠」ってなんなんだろう。僕にもまだ何もわからない。どうやらそこは、僕の故郷である河内＝カワチを舞台にしているような気がするんだけど、なんで僕もここまで自分の故郷にこだわってるのかはわからない。そんなこと東京で暮らしているときは微塵も思わなかったから。これは２０１１年３月以降に熊本に戻ってきてはじまったもの。僕は別に霊的なものとか感じてるわけじゃないんだけど、でも何かを感じてはいるんだよね。それが一体なんなのかを考えることが書くことにつながってるのは確か。体が変化するとき、創作方法が変化するとき、いつも「舟鼠」

が出てきて、僕は続きを書こうとする。でも、結局、違う小説になっていく。だから、僕は毎年作品を発表してるんだけど、同時に永遠に完成させることができない壮大な物語を、こんな話なんだ！って語り続けているだけの人なのかもしれないとも思う。ほんとなんなんだろうね。

舟鼠を探して

鬱から立ち上がるまでの苦しい時間でも、舟鼠は体の中でずっとぐるぐる渦を巻いている。そこに飲み込まれていく。何も頼れるものもないし、本当に知らない言語の世界にいるような感じで、脈絡もなく、イメージは一つだけでなくて、いくつも流れている、意識のところに浮かんできては、また静かに潜っていく。するともう一つの話がまた別のところから浮かんでくる。そこで僕は消えていく前に、必死に読んだり、書き直したり、何か痕跡を残そうとする。それでもまた深層に潜っていくんだよね。どれも完成された物語じゃないから、輪郭線はおぼつかなくて、つねに移り変わってる、僕が書く小説の初稿みたいなものがいくつも浮かんでる。この前『解明される意識』（ダニエル・C・デネット、青土社）という「意識とは何か」ってことを研究している哲学者の本を読んだ。すると、意識の水面下では無数の「草稿」が動き回っていて、どれが表面にあらわれるかどうかは予測がつかない状態になっていると書いてあった。どの草稿も重要性の濃淡はなく、どれも偶然に浮かんでくる。だから構造もゆるゆるですぐに無意識の領域に引っ張られてしまう。でも浮かんでくるたびに、少しずつ書き直されて変化していく。書き込みも残る。そういった書き込みの入った草稿が、作者もわからない、筋書きも不明、語り手すらおぼろげなまま、時間の揺らぎと空間のにじみの中で行ったり来たりしてるって書いてるわけ。まあ、実はこれは松岡正剛さんのＷＥＢ書評「千夜千冊」の解説の引き写しなんだけど。あれ、これって僕が「舟鼠」のことを考えるときと同じかもって思った。ってことは僕は何をしようとしているのか、それは意識ってなんなのかを探求しようとしているってよりも、むしろ、意識そのもの、人間が生きている感覚そのもので創造をしようとしているんじゃないかと、勝手に壮大なことを考えた。僕はドゥルーズでもアルトーでもなくて「意識」なんじゃないかって。ま、思い込み激しいからね。でも創造的にはなるよね。

舟鼠の実在

実は、舟鼠という鼠は実在している。昔の木船、穀物を運んでいた大きな船の中で生まれて、中で育って、中で死んでいく鼠たちのこと。クマネズミなんだけど、きれいな色をしている。ふつうなら、体毛がいろんなところに擦れて、どす黒い感じになるけど、舟鼠は、かんなをかけた、人工の木の中に暮らしてるから、削れない。その毛先を使った舟鼠の筆っていうのがある。『はだしのゲン』のお父さんは蒔絵職人で、下駄とか帯どめに絵を描いてたけど、ああいう人が使っていた。そもそも舟鼠を獲れる猟師が、今はいない。荷物を運ぶときとかに、出てきたのを捕まえて、皮もむしって、なめして、筆師に持っていってたんだろうね。僕が細かい絵を描いてる時期（P105）に、あれを筆で描くとしたら、舟鼠の筆しかないっていうのを、もうつぶれちゃったけど、明治からずっと続いていた和紙屋さんの80歳を過ぎた森本さんが教えてくれた。舟鼠を調べていったら、そいつが面白いネズミだってことがわかって、ずっとそれがひっかかってるんだろうね。舟鼠の筆を求めて、京都にいる、代々筆師の家の、村田九郎兵衛という人に会いに行ったことがある。実は、もうないって電話で言われたんだけど、実際に行ってみると、1本だけ残ってるって言われた。それは琵琶湖の葦原にいるネズミの筆だった。葦原だから全然毛が擦れてないわけよ。「いくらですか、高いんですか?」って聞いたら、4000円って。安っ!って。で、買って帰った。

自分がネズミっぽいと思うんだよな。高円寺に住んでいたとき、ネズミと暮らしてたからかな。ときどき、天井からばーんって落ちて来たりして。泊まりに来てた妻がびびったりしてた。しょうがねえから、とりもちしかけて殺したり、踏み潰したり。ネズミって、ずっと怯えてる。ああいうの好きなの。やられそうなんだけど、逃げる。

「舟鼠」以前に僕の中にいる「舟鼠」

『0円ハウス』から僕の仕事ははじまったわけだけど、そのときだって頭の中にはあれもやりたい、これもやりたい、それこそ「舟鼠」の元になる時間と空間が織り混ざったもの、その全体を露わにしたいって思ってた。当時のノートが残ってるけど、何かいろいろと考えてる。その頃は四次元の考え方にハマっていて、マルセル・デュシャンと南方熊楠を結びつける方法を考えたり、それにピカソの「アヴィニョンの娘たち」って絵を組み合わせたり、そういう感覚で建築をすることができないかとか考えてた。でも、うまくまとめられない。毎日、分裂して困ってた。そこでどうにか自分のチャンネルを狭める必要があったんだと思う。建築といっても、その頃にはいわゆる建築設計とかには興味を失ってたし、空間だけじゃなくて、時間も入り込んだものを考えていた。普段接している「現実」って場所に興味を持ってたから。でも、そんなこと言っても、まだ表現手段を知らない。でも、そういう「やりたいこと」で食っていけるようになりたかった。だから、まずは僕の中にある多面体の一面だけ、断面を形にする必要があったんだと思う。断面、つまりベタ絵ってこと。だから、形としては路上生活者の家の記録。「建築学科卒業の著者が建築学的に観察して、しかもそれ自体が現代建築の批判になっている」とかなんとか、頭で考えていた。それをセブンイレブンでカラーコピーして、1冊の本に編集して、リトルモアに持っていった。これだったら絶対に形になるだろうと思って。そしたら幸運にもうまくいった。でも、僕は落ち着かなかった。だって、僕が路上生活者の家を見て、本当に感動したことは「思考という巣」が具現化されているってことだったから。彼らが路上生活者だとか、現代建築と対極にあるとか、0円で生活するとか、実は本当にどうでもよかった。僕は、彼らが自分の頭の中にある現実とは別の独自の時間と空間を現実世界で具現化していることに嫉妬したんだと思う。本当はそういうふうに書きたかった。でも、当時は無理だった。でも同時に断面だから本という形になったんだし、それで僕自身も生き延びる方法を見つけられた。

『0円ハウス』で全部はじまっていた

『0円ハウス』を出したら、世間には「社会運動家」みたいに思われはじめた。それはもう誤解させとけ、って思ってた。そのあと、肩書きはいろいろ付けられてたけど、どれも嫌ではなかった。だって、僕のやりたいことはそもそも違うわけだから。『0円ハウス』がやりたいことではない、ってことだけはわかってた。それは書き残してさえいる。僕がやりたいのは、さっきから言ってるような意味での「直感」的なものを、そのまま直感的に伝えるってこと。僕の感じている言語化できないものを、人に伝えられる人になりたい、ってずっと思ってた。その「直感」は、ほぼ小学校4年生くらいに知覚してた。僕の中のものを、そのまま何もカットせずに、原石ダイヤモンドのまま、一切輝かせないまま保つにはって、今も研究中。

でも、『0円ハウス』には、絵も写真も文章も、全部載ってる。もちろん建築も。

ある種のポエジーも入ってる。元の本は自分で作ったから、編集もしたし、デザインも、製本もした。そのあとするようなことを、あの本で、全部1回試したんだ。複合体としてはすごく意味があるんだよね。だから一側面を見せたようで、もうしっかりとそのあとの仕事の予感は出てたんだと思う。そう受け取ってもらえたことはなかったけど。

自分だと思っている自分は誤解

どう考えても、『0円ハウス』のときより今の僕のほうが面白いよ。100%面白い。思考してる能力が違いすぎる。『独立国家のつくりかた』のときよりも100倍頭いい。今はそう思えるけど、もちろん鬱のときはまったくこんなこと思えないけどね。自分はダメだーってなってるけど。あの頃は感覚でしか摑めてないものが、今ちゃんとそれがなんなのか、ってのがもうちょっと見えてきてるから。かといって、感覚でしか摑めていなかったものが言葉になったってわけじゃない。でも、むしろ、そのままでいい。というか、感覚で感じるよりもその前のまだ形になっていないようなもの、むしろ、そっちに焦点があってきてるような気がする。

『現実脱出論』は強引に言葉を使って地図を描くっていうのをやってるけど、僕は今、地図なんかいらなくねえ？って思ってる。自分はこんな人間だ。こんな考え方してるって規定するのはつまらない。自分がどんどんわからなくなってる。自分が溶けていってる。それでいいんじゃないかって。自分だと思っている自分は誤解だし、それはとても解像度の低い画像に過ぎない。もっとよく見たら輪郭線なんかなくて、ぼやけているし、他の人と混じり合ってるところもあるし、周りの空気や、それこそ記憶の中のこと、記憶にも残っていないこととも混ざり合ってる。三次元を二次元に置き換えるどころか、四次元とか、五次元の感覚を考えようとしてる。今僕が考えてるすべてがわかったら、他人は気が狂うと思う。それは誰でもそういうことなんだと思う。人の考えてることがわかったら気が狂う。だから、「理解する」なんて行為しなくてもいいよね。不可能なんだもん。伝えるためじゃなくて、自分もつくりたくなるからつくる。つくる理由ってそれだけなんじゃないかな。

外国語の書物を目指して

こいつの本読めないいって言われ続けたい。書いてあることはわかるけど、意味がまったくわからない、ってのが一番やばいんじゃないか。日本語なのに英語としか思えないとか。それがプルーストが言ったことだからね。「美しい書物は一種の外国語で書かれている」（「サント＝ブーヴに反論する」）と。でもポップカルチャーは入れていく。トマス・ピンチョンのイメージ。僕は、ピンチョンのような本を書きたい。全然本が読めないのに、よく言うよね。でもそう感じてるのも確か。なんだこれ、全部意味わかるけど、全体通して意味わかんないっていう本。一応、自分としては、見えるままに書いているつもりなんだけどね。読んだら、読者の目には浮かんでるはず。自分でも意味はわからない。書いて意味を作ろうともしてないし、そこで言いたいことも何もない。自分のメッセージみたいなものは元から少ないんだろうけど、今は完全になくなってるのかも。ただ書きたい、っていうのはあるみたい。苦しいから、書くしかないってことでもあるんだけど。書いている間は、別の現実の中にいて息ができてるみたいだから。

2-3 この道一筋では進めない

仕事が分裂している

僕はあんまり集中しないほうがいい。この道一筋というふうにやると、疲れてしまう。小説を書いていて、これが自分の考えていることを一番表せていると感じたら、もうずっとそれに集中したくなる。それだけしかやりたくなくなる。他の仕事が、なんだか濃度が薄いものに感じられて、断りたくなる。でも、それで他のことをやらないで、小説だけに集中すると、鬱になるんだよね。狭苦しくなる。生活の幅が狭まる。付き合う人も限られてくる。そうなると、どうやら体の調子が悪くなる。あれにもこれにも興味を持って、その大半は形にならないくらいが実は一番体調はいい。直感を伝えたいって思うと同時に、直感のまま体を動かせないと調子が悪くなるってことでもある。人間って自分で自然と治療しているんだろうね。だから『0円ハウス』（2004、リトルモア）が本当に表したいものではなかった、もっと複雑なことを表したかったと言いながら、実はそうやって不本意でもやるってのが一番体にいいと自分でもわかってるんだと思う。ダサいの嫌とか言いながらも、なんでもやったほうがいい。それはお金のためにはならないかもしれないし、変な誤解がどんどん広がっていくかもしれないけど、自分の体にとってはいい。結局はそれが自分の仕事にとっていいってことなんだろう。やっていることに一貫性も何もない。ただ思いついたままやってる、というふうにも見えるなあって僕も思うけど。

仕事が分裂してる。真面目に小説ばっかり書いているとすぐに頭がおかしくなる。それで歌を歌いたくなる。歌でも真面目に曲作りばっかりやろうとするとまたおかしくなる。すぐ過集中になっちゃうから。日課もひたすら生真面目に実行していくしね。だから、ときどき幼稚園の園歌を作ってとか言われると嬉しくなる。CMソングを作ってくれと言われると嬉しくなる。いのっちの電話で困ってるおばちゃんがいたら、おばちゃんのために歌を作りたくなる。とにかく、興味は毎日違うから、毎日、全然違う人間として目を覚ます。毎日、小説の1行目みたいな感じで、その日の初期設定がどうなってるのかを確認するところからはじめる。確認の仕方が「今日はどんなことに興味があるのかな?」っていう自分への問いかけだからね。

すぐやったこともないのに、ガラスの作品作ったり、織物やったり、料理家になったりする。どれも下手だけど。それでも気に入ってくれた人が仕事くれたりするからね。それはとてもありがたい。

ときには人のために

繰り返すけど、僕はとにかく、一つのやり方だと疲れるし、飽きるし、嫌になるし、窮屈になって鬱になるから、ごった煮で分裂させてるんだけど、分けるとすると3つくらいのレイヤーになる。完全に自分の体を通って出てきたもの。これが今書いている長編小説、毎日描いている同じサイズの絵、そして歌だね。どれも一切濃度を薄めない。

でも連載原稿とかは、そうじゃない。読み手のことを考えてる。サービス精神を存分に発揮させてる。ANAの機内誌「翼の王国」の連載原稿は、僕が書いた文章だと思わない人もいるくらい。あれはタダで海外旅行に、しかも自分が好きな建築を見に行けて、まずそれがとてもいい気分転換になってる。それだけで僕としては目的を果たしてるんだよね。原稿はとにかく読みやすく、でも、少しだけ奥行きを出すってことを決めて書いてる。書くのはもちろん大変だけど、その大変さは誰でも読めるようにするってことに力を注いでるからで、いつもの苦労とは少し違う。小説を書いているときは、そんなふうに書きたくない、もっと頭に浮かぶものだけ書きたいというモードになっちゃう。そうやってすぐ一つのことに集中したくなるけど、僕はいろいろやったほうがいいんだろうね。芸術を生み出すってことよりも、健康でいられるようにつくってるんだからってのを忘れないようにしてる。すぐ忘れるから。元気になると、途端に万能感が出て、とてつもないものをつくる！みたいな状態になっちゃうからね。でもそれも自分の一つの姿だけど。

自分のことだけじゃなくて、ANAの連載みたいな頼まれ仕事も、実は好きなのよ。他にも例えば、こないだは斎藤環さんの本『オープンダイアローグがひらく精神医療』（2019、日本評論社）の装画を描いた。本のカバーだから、パッと見て、あっなんとなくいい！ってぐらいがいいだろう、あんまり奥行きを出しても、小さい本の表紙だと埋もれてしまうな、って僕の中の営業部が判断して、楽しくベタ絵を描いた。斎藤先生には、鬱のとき助けてもらった。「やばい死ぬかも」って言ったら、「ちょっとごめん、抗鬱剤だしていい？」って言われて、「抗鬱剤でもなんでもいいや、飲みます」って言って。「社会の財産なので死なないでください」と励まされて。自信も何もなくなってる僕は「はぁ」と言うしかなくて。笑うよね。でも嬉しかったあ。そのあと、すぐ鬱は明けたから命の恩人です。

3つ目のレイヤーは幼稚園の園歌を作ったりするとき。このときはもうただのサービス精神の塊になってる。

どれも僕がやりたいことではある。僕は作家なんで、無償でそういう仕事は引き受けません、みたいな状態になると体調が悪くなる。だからだいたいどんな仕事でもとりあえず話は聞く。それで面白いと思ったら、なんでもやる。でも面白くないと思ったら、鬱になるから、どんなお金になる仕事でもやらない。鬱がリトマス試験紙になってる。どんな機械よりも精密なチェック機能がある。それでむしろ助かってるんだよね。僕は鬱に助けられてる。バランス感覚はある。いびつなバランスかもしれないけど。

分裂してもいいと思っている

前は、頭の中でどんどん分裂して好き勝手にやろうとしてるのを縛ろうとしてた。分裂すること自体が怖かったんだと思う。分裂しないようにしないようにって慎重にやってた。今は、もっと分裂してもいいと思ってる。昔は、立て付けの悪い家じゃ隙間風も入ってくるし、寒いし、暑いし、嫌だからって、密閉された空間を作ろうとしてた。でも、それだとすぐに息苦しくなるんだろうね。今は隙間風が入ってきても気にしない。これっていうテーマなんかなくていい。ないほうが自然で、体から出てくるままに形にしていくほうがいいと思えてる。それが少しずつできてきてる。ただ、どんどん仕事にならなくていいって思ってる。形にすること自体をしなくて考えてるだけでもいいんじゃないかとも思ってる。分裂して、一貫性もないし、飽きたらすぐやめて、次のことはじめて、前のことなんかすっかり忘れてる。それでもいいんじゃないかって思ってる。そっちのほうが面白いと思ってる。何よりもそっちのほうが自分にとっては健やかでね。

わざと胡散臭くあり続ける

僕は「新政府」で売れた。そのときのことを研究して、同じことを続ければいいのに、あえて、きちんと、ノイズをいれていく。でも、単純に僕はなんでもやってないと体に悪いから、体がそういうことを求めてくるんだろうね。だから、何者にもなり得ない。どこかで落ち着いて、こういう人ってことで進んでいってくれない。

本当に僕、胡散臭いな。狙ってるところもあるけど、結局ナチュラルボーン胡散臭い人なんじゃないかな。だからいろんな人に嫌われてるのかもしれない。あんまりそう感じたことはないけどね。いろいろ変なこともやってるのに、胡散臭いのに、炎上はしないしね。胡散臭いけど、逃げも隠れもしない。それが自分にとってのサバイバルだね。文句があれば僕に直接電話かけてこれちゃうわけだから。しかも、電話番号公開して8年以上経つけど、一度もそういう電話はかかってきてない。この世の中は、ちゃんと晒せばプライバシーもちゃんと守られるってことなのかもしれない。まあ、僕に文句を言っても、なんの足しにもならないから。まったく役に立たないやつでいるってのは大事かも。なんか知らんけど、ニコニコしてときどき死にそうになってそれでも明るく生きている。攻撃しても無駄って思われてるのかな。無視しておいたほうがいいってことなのかも。おかげで結構気楽に生きられてるよ。それでも自分で鬱になって追い込むし。本当にわけがわからない。

腐らないために

いろいろやるから人に理解されない。でも、つねに、今のフレッシュを見せないと絶対ダメ。なぜならばフレッシュでさえ滅びるから。フレッシュでさえ古くなる。理解されるっていうのは、もうすでに腐敗がはじまってる。フランシス・ピカビアもこう言ってるよ。

追随されるための方法とはただ一つ、誰よりも早く走ることだ

『ピカビア展カタログ』(アプトインターナショナル)より
ベヴァリー・カルテ「ピカビアとその時代」

気まぐれこそが飛び切りの幸せさ／僕は素晴らしく元気だぜ／偶然に身を任せてね。

同書より詩「幸福」

明確な考えをもちたいなら、それをシャツを変えるように変えたまえ

同書より清水敏男「ピカビアの変貌　イメージからイメージへ」

まじめな人々は／少しばかり／腐乱死体の匂いがする

ジェローム・デュアメル『世界毒舌大辞典』(吉田城訳、大修館書店)

ピカビアの名言集を作りたい。岡本太郎なんかより全然半端ないから。帯文は「デュシャンが嫉妬した男」がいいな。

作品を作るのは、生き物を育てる、とか、そういう感覚がすごく強いんじゃない？　僕は生き物一切育てられないけど。つねにフレッシュにしておくために、カフカは完成させないという方法を選んだ。賢い。僕はカフカまでいけるかどうかはわからない。だけど、僕がめざすところは、そういう人たちのところだっていう思いがある。

世界で自分だけ一番バカでいたい

世界で僕しかいないとか。世界で自分が一番バカってのが好きなの。世界で僕だけだしな、携帯番号をWikipediaに乗っけてるの。ギネスブック系のことが好きだよね。「すごい」とかどうでもいい。一番バカなことが大事。やっぱちっちゃい頃から、それがずーっとある。あまのじゃくではなくて、したいことをしてるだけ。人のやってることの反対をやるわけじゃない。僕がやりたいことをまんまやりたいの。それが絶対不可能だと、人に思われてるものであればあるほど、気持ちいい。

子供のときの、こんなのつくっちゃったらやばいんじゃない？みたいな思いの延長に今の小説がある。毎日ちょっとだけ我慢して、継続したら、とんでもないものつくれるな、ってのは、子供のときからわかってた。1日決まった枚数をただ書き続ければいいだけなんだよ、と思って計算しちゃう。

でも、ただ好きに作ってるわけじゃない。もっと、本じゃない本、絵じゃない絵、歌じゃない歌ってところまで行きたい。認められなくても、売れなくても、バカにされても、ただ探求していきたい。何かを探求したいって思ってるんだと思うけど、それは自分の頭でわかるようなことじゃない。何度もコップの話をするけど、例えば僕が影だとする。影の僕はコップの中に何が入っているかわからないどころか、そもそも液体ってのがどういうものかすらもわからない。言葉にしようとしても、言葉にならない。だから、探求は尽きないし、終わりはないし、この世の人に認められたら、それは影の世界でのことでしかないから、つまらないよね。人間じゃないものに感じてもらえるようになるとかそういうところまで行きたい。むちゃな話だよね。なんでもやるのに、一つ一つ無駄にハードル高い。そりゃ鬱にもなるよ。無理なことをやろうとしてる。でも自分はいつまでも影だからね。コップの中身には永遠になれない。

売れなくていいとか言いながら

売れたらつまんなくなる。小さいところで何かやってた人が売れるとすぐつまんなくなっちゃう。僕たち、わかってるじゃんそんなこと。

売れなくてもつくりさえすればいいのなら、自分の本を自分の手で作ってもいいかもしれない。確かにそういうのは好き。世界に1冊だけの本を大量に作って、そういう本だけが並ぶ坂口恭平書店を作りたいなとか考えてる。例えば、『抄訳 アフリカの印象』（2016、伽鹿舎）っていう本は、もともとは手作りで20部しか作ってない。厚紙を自分で切って、表紙はプリントゴッコで1枚ずつ自分で印刷した、ハードカバーの本だった。『0円ハウス』ももともとはカラーコピーの自作だった。

でもかといって、企業である出版社と一緒に本を作るのも嫌いじゃない。むしろ好きなのかも。編集部だけじゃなくて、営業部の人ともつい仲良くなる。そして、そのときはもう完全に僕は営業部モードになってる。著者って感じじゃなくなってしまう。とにかく営業が好きなんだよね。そして契約書を書くのも好き。僕は社会にアンチではない。会社に入って働くことは多分できないけど、会社勤めしてる人と付き合うのは大好き。営業部の人と書店まわりするのも好き。書店員と本を売るための話をするのも好き。なんでもサービスしちゃう。

企画書が小説になる

ビジネスについて言えば、躁状態になると、どんどん起業するアイデアが浮かぶ。だから、「起業禁止」を家訓にしてる。起業したくなったら、企画書だけを書く。すると、それはそのまま小説になる。小説『徘徊タクシー』(2014、新潮社)も、元は企画書として書いた。徘徊する認知症の方を車に乗せて、言われた目的地まで車で運んであげるっていうサービスを起業しよう、と思ったんだ。

『徘徊タクシー』を書き上げたあと、石牟礼道子さんが暮らしていた高齢者養護施設で、イクオさんというおじいちゃんに出会った。郵便局に行って年金がちゃんと振り込まれているかを確認したいって騒いでて、職員が困ってるわけ。どうやら行きたいという郵便局が施設から1時間くらいのところにあって連れて行くわけにもいかない。しかも、生まれ育った場所の郵便局のことを思い出してるのかもしれなくて、普段使っているその郵便局と混ざり合っていた。説得してもイクオさんは落ち着かない。それで僕はイクオさんを車に乗せた。イクオさんが右って言えば右折、左って言えば左折して、イクオさんの言う通りに車を走らせていったの。そしたら、たまたま全然違う郵便局が見つかって、イクオさんに「あっ、郵便局がありました」って声をかけたら「ほら、やっぱりあった！」って納得してくれた。年金手帳を持ってなかったから年金が振り込まれてるかは確認できなかったんだけど、イクオさんは道中でいろんなことを思い出して、それが楽しかったみたい。イクオさんが若い頃聴いてた歌謡曲を大音量でかけてたから、満足したらしくて「お腹が減った」と言った。「施設に戻って、お昼ご飯食べましょう！」と言うと「うん」と笑顔で言ってくれた。

僕と仕事をする人は変わっていく

不思議なんだけど、僕と仕事すると、どんな人もなんか変わっていく。編集者は僕と仕事をすると、すごく楽しかったってなる。知力の戦いであれば、むっちゃ面白いのは当然でしょ。売れるための本になると、どんどんどんどん知力を落としてかなきゃいけないから、やっぱつまんないわけ。僕は知力を高める作業しかしない。

本が売れなくていいと言いつつ、僕ほど書店員のところに会いに行く人もいない。

まず書店員から好かれてないと、訪ねても、「は」って言われて終わり。だから、関係も上からじゃまずいし、適度にしてる。なんか好きなんだよね、この感じも。アキンドはアキンドで好き。福岡に出張に行けば福岡の、岡山に行けば岡山の書店へ、さらに途中で新幹線をわざわざ降りてまで書店まわりする。営業の人も、意識が変わったりする。例えば、一緒に書店に行って店員と僕が会ってるのを見ると、「恭平さんちょっと他の著者と書店員との関係が違いますね」みたいに感じてくれる。「でしょ、ここの関係いいでしょ」みたいな。そういうので、実はちょっと売れ行きが変わったりする。

とにかく僕は人のいいところを見つけるのが好きで、その道のプロなの。「洒落てる」ところを見つけるのが好き。洒落てるところって、滲み出てくる。見つけようと思わなくても、少し話してるだけで姿をあらわす。それを感じたら、そのまま口にするだけ。書店員だったら、書棚に並んでる本の組み合わせを見て、自分が本当に気になったところがあるとすぐそれを伝える。「この本とこの本並んでるの嬉しいですね」とか「興奮しますね」とか「さらにもう1冊ここにあれが並んでいるとさらに面白いですね」とか。そうすると、その人が「あ、それも置きたいですけどね、ちょっと攻めすぎかと思って」とか返してくる。「いや、それでもいけるでしょ。もっと買いに来る人は創造的な状態を求めてますよ。やってみましょう」とかいう会話になる。彼らも仕事を忘れて、自分の創造性が全開になってくる。そういうのを見てるのが好きだし、引き出すのが好き。僕、自分のことはよくわからないけど、人のいいところは本当によく見える。ほんとお前だっさいな、と思う奴の、ださくないポイントも見つけられる。全部拾いたい。僕はスーパーレシーバー。

僕は水になりたい

いのっちの電話をしてても、本当にすぐいいところが見えちゃう。でも、その人たちは電話かけてきてるぐらいだから、自分のことをダメだと思ってる。周りの人からもダメ人間みたいに言われてることも多い。でも声聴いてるだけでこっちはその人のいいところが見える。その人は辛いことを吐き出したいんだけど、僕はあんまりそういうことは聞かずに、ついいいところを口にしちゃう。それを伸ばしたらいいよ、どうやったら伸ばせるか具体的に考えようって言う。悪いところなんか数えててもキリがないからね。それよりも一つでもいいところ見つけて、まずはそれを伸ばすといいと思う。そこで自信つけたら、苦手なところやダメなところだと自分で思っているところも補えたりするから。まずはいいところを見よう。いのっちの電話は、死にたい人を死なせないようにするんじゃなくて、どっちかと言うと、電話してくれた人のいいところを見つけて、それをその人一人じゃなくて、電話相手である僕と二人で認識してる。一人じゃ辛くても二人で認識すると、すごい力を発揮するから。それを時間かけて伸ばしていくために、ずっと付き合いますよっていう声かけ運動をしてる。僕の夢はとにかくすべての人と話すこと。そして適材適所になるようにしてみたい。これは妄想だけど、本当に思ってる。いのっちの電話で年間2000人と話してて、8年やってるから、もう1万6000人とはできたってことなんだよね。100年やっても20万人としか話せないから、どうすればもっと多くの人のいいところが見つけられるかってことはずっと考えてる。本を書いて、絵を描いて、歌を歌ってるのも、そうやって反応してくれる人を見つけたいって思ってるところもある。内側から出てくるのをただ通すだけって言ってるときもあるけど、同時に僕は人のいいところを探すために、人が反応するものをつくっては送り出しているのかもしれない。自分の表現ってことには興味ない。とにかく、ありとあらゆるものを漏れ出させる。どこに人が反応するかわからないんだから。だから自分の表現を確立させたいなんて思わない。どこに引っかかるかわからないから、自分を規定せずに、分野も表現方法もこだわらずに、ただひたすらつくっては外に向けて垂れ流す。僕がつくるものは撒き餌でしかない。目的は他者が自分の何かいいところを発見するためだけ。そういうふうにも考えてる。でも、同時に僕の考え方自体がごった煮で分裂してるから、何のためかなんて、ほんとはよくわからないいんだけどね。

湧き水には人だけじゃなくて動物だって植物だって集まってくるよね。あの状態が理想。水になりたい。自分のことを水だと思って生きてるところがある。

僕のことを超一流の芸術家と思っているビジネスマンの僕

僕を、放っておくと、どんどん新しいことをはじめてしまって、社会からずれてしまうんだけど、それでも何かが起きちゃう。だから社会なんか糞食らえだ、自分で好きなようにやっていくんだって気持ちもあるわけ。新政府なんてそうやって生まれた。僕はすぐ社会を自分で作っちゃう。そしてどんどん人も巻き込んじゃう。でもかといってアンチ社会でもないいんだよね。一瞬だけ夢を見せるのは忘れないけど、他の人に合わせるってのも実は好き。サービスできるならなんでもいいってことなんだけど。

ただ夢みてるだけでもない。新しいことをするのに、どれくらいお金がかかるのか、どれくらいお金が儲けられるのか。そういう計算もすぐしちゃう。現実的な視点も結構あるような気がする。交渉するのが本当に好きだから。リトルモアで初めて『0円ハウス』を出させてもらったときも、初回印税はいりませんって言った。でも重版分からはこれくらいくださいって印税のパーセントを伝えた。いつかきっと重版させるって思ってた。そのかわり初版時に5万円くださいって頼んで、翻訳者を見つけて、バイリンガルの本にすることができた。自腹で海外のブックフェアに営業にも行って、世界中に置かれるようになった。8年かかったけど、のちに重版もされたしね。体のどこかにやたらと事務処理が好物で、営業が楽しくて、契約書を細かく書いても疲れないビジネスマンみたいな人がいるね。その人は、僕のことを超一流の芸術家だと思ってくれてるみたい。売れないときだろうが、そういう目線でマネジメントしてくれる。

みんな分裂している

僕は一つにまとめられない。どっかほつれてる。でもこれが、僕の消費されないポイントでもあると思う。僕の中に、とてつもなく冷静なやつもいる。全部で何人くらいいるんだろうなあ、ほんと。分裂をこきみよく使ってるよね。でも、どうせ、僕以外もみんな分裂してんだよ。統合してる人間なんかいないよ。分裂してることをまず理解する、それが生きる上では鉄則でしょ。そして、分裂を統合しないって決めることだよ。つまり一律の自分というのを表さない。今日と昨日と言ってることが毎日違っていることをちゃんと肯定すること。みんな肯定しないで、わざわざ帳尻合わせて生きてる。そんなの合わせない。なぜなら合わせると病気になるから。僕は合わせない。おかしくなるから。つねに変化する数、変数とだけ付き合いたい。ちょっと数学者みたいなところもある。方程式になり得ないものを方程式化してもどうせまた変数がまぎれこんでくる。ずーっとそれを解きたい。

人間は毎日違う生き物になっていく

鬱のときもまた、まったく人間が違ってしまう。僕は感情が分裂してる。鬱のときに役立つだろうって躁状態のとき書いた手紙を読んだって、なんにもきかない。鬱の状態も毎回変わる。コーピングできない。でも、それはだいたいの人に当てはまると思うんだけどね。その都度その都度対応する、っていうのを、自分に植えつけていかないとダメ。つい人間ってのは、風邪をひいたら風邪薬、みたいな勢いで対処するよね。違うんだよ、その日によってよもぎが効く人もいれば、アロエが効く人もいる。天候とか、植物の具合とかいろんな要素で効き方も変わる。薬ってのはそういう条件を取っ払ってる。どんな人にも、どんなときにも効くってことになってる。でもそんなはずないじゃん。人間はその都度、違う生き物になってるんだから。そう思っていない人も多いんだよね。でも、僕は自分の病気のおかげで、自分ってものがまったくなくなってしまった。自分が毎日変化する、それこそ嗜好も変われば、考え方も変わる。思い出も変わるし、好きなものも変わる。真っ白い紙と変わらないのかも。毎日、行きたいと思ってもないのに会社に行けたりする人は、もちろん有能な会社員かもしれないけど、それはそれでしっかり異常ではあると思う。僕のほうが自然だと思うんだけどね。その日の気分で予定が大きく変わるのが当然な世の中になるといいね。僕はそのつもりで、躁鬱抱えつつも、仕事している。調子が悪いときは仕事できませんって。でも、それでもいいじゃんって思ってくれる人が増えてきたから、僕も最近は気楽になった。いつサボってもいいやと思ってたら、意外とサボらなくなるもんだしね。最近は、一切、仕事休んでない。鬱の状態のほうが、話せないけど歌は良かったりする。歌はその日のコンディションで出来が違うってことが聴衆にも受け入れられてるから発展してるのかもしれない。毎日違う。その中で僕は毎日日課を繰り返す。日課に関しては、会社に行ってる人より厳しい。休みがないんだから。休むと調子崩すから。毎日、少しだけでも。こうやって多様な刺激を毎日入れるのが僕の一番気楽なやり方だと最近確信したよ。

次の題材、その選び方

今はフリードリヒ・ニーチェにむかっていってるんだ。といっても、原典は一切読んでない。『ニーチェと悪循環』（ちくま学芸文庫）っていうピエール・クロソウスキーの本を読んで、ただ思いついてるだけ。でも、僕はそれでいいんだと思う。あ、次はニーチェだぁって思うだけで。それでニーチェの本を読むっていうんじゃなくて、ニーチェのポートレイトを絵にしたりしてもいいんじゃないかって思ってる。次の作品の題材を探してるだけ。それもほとんど無意識でやってる。全部知るとダメなんだよね。子供のときなんか知らずになんにでも接してるでしょ。でも、それが後々までずっと影響を与える。なんでそういうの選んだんだろうって今は思うけど、そのときはなんにも考えてない。思考よりも重要な選択技術を持ってたってことだよね。その感覚を研ぎ澄ませるってのはいつも考えてる。

3

僕の音楽

首長の奏でる音楽

音楽は僕の天性のもの。修行が必要ない。一瞬で全部おりてくる。一切悩まない、自動的にすべて生まれてくる、とめどない、自然なもの。天才なんだと思う（よく自分で言えるよね……）。日課で作る必要すらない。そして、ただの喜び。僕は昔から、フラれた友達に歌ってあげたりしてた。誰の曲でも一瞬で作ってあげられるから、いのっちの電話でも作ってる。4歳から歌ってた。楽器もなく、アカペラで。僕が作った歌は、人が歌うってのもわかってた。それってすでに首長だけどね。首長の根源も音楽。仲間意識を持つために必要だから。かといってそっから音楽家になろうとしないところが面白いよね。

音楽は職にしちゃいけない。人々に向けてのもので、所有してはいけないもの、商売にもしちゃいけないものだから。音楽ってこの現実の中の空気を振動して聞こえてくるけど、触れることはできないし、見ることもできないし、言葉にすることもできない。でもいつでも鳴らすことができる。本を書くときの、トンネルの向こうから何か来るってのとも違う。現実にあらわれるんだけど、姿はない。だから、三次元のものじゃなくって、四次元、それ以上の世界にあるものだと僕は思っている。それは誰でも喉を震わせたり、何かを弾いたりすれば、途端に飛び出してくる。それを使って、この現実であれこれしちゃいけない。こっちの方法でコントロールしたら、どんどん音楽から離れていってしまう。音楽じゃなくなる。だから、音楽はただ放出して、ただ浴びるだけが良い。ただ歌う。ただ奏でる。ああ四次元があるんだ、五次元があるんだって感じる。そうやってると現実が現実じゃなくなってくる。現実が変化してくる。というか、本来の現実に戻っていく。

音楽が最上の感覚

アルバムはもう7、8枚になるんじゃないかな。データ配信が多い。僕は、ほんとはタダで全部あげたい。サブスクリプション・サービスがはじまっててほんとよかった。いつもSoundCloud（アカウント名はKyohei-Sakaguchi）でタダであげてたわけで、ほぼ僕が今までやってたことみたいな感じだから。歌は、できるだけお金を絡ませたくない。音楽家は、1年に1曲でもいいし、それこそ10年に1曲でいいから、とにかく自分にぜったい嘘をつかない音を出してほしい。それこそ昔は遊女と同じように神の使いで、天皇の庇護があった存在。差別して悪いけど、芸術として音楽が最上の感覚なんだよ。保持できない。所有できない。やりとりができない。誰かに渡すとかできない。もっと根源的に言うと、記録できないはずだけど、音楽によって僕らはここまで来てる。今の僕らは過去を、実は音楽で受け継いできてる。一番神秘的かつ、一番僕にとっては重要。音楽をやるんだったら、僕のように他でも仕事するべき。僕は、全部他で稼いでるから、音楽がタダにできる。

自分の感覚としては僕は音楽の人だし、声の人。

僕の音楽遍歴

妹が小1のときに、ピアノをはじめた。でも、すごくつまんなそうにしてる。高いピアノを買ってもらってはじめてるから、やめるわけにいかない。かわいそうじゃん。ピアノ70万円くらいで買ってるわけ。そのプレッシャーってのは厳しい。押しつぶされそうなわけ。で、僕は考えた。「おい、美帆、僕がピアノ習ってやる。お前はやめられるよ」って言ったら、「ほんと、お兄ちゃん」って。天の声よ。僕は、そういう行動が好きなわけ。人を助けたい。で、タッチした。

僕はだいたいなんでもちゃちゃっとできちゃう。僕は小学校4年生だった。野球部だったけど、その間にちょっとピアノをやるようになって、初心者の教則本『バイエルン』を全部クリアしたし、6年生のときに『ブルグミュラー』まで行った。一応基礎だけ学んだってこと。それだけは身につけようというのもはじめから狙っていた。小学校6年生くらいになったら、ビートルズをやりたくなった。そして、ジョン・レノンのピアノカバー集を買った。それでコードだけしか弾かなくなった。それまでは楽譜を追ってたけど。あ、なんだコードあんじゃん！と思って。ピアノでジョン・レノンの弾き語りをしながらコードを学んだ。コードを覚えたら、僕には習うことがない。あとはもう耳コピでいけた。

6年生のときには、じいちゃんからギターをもらった。今どこにあるかわかんないけど。じいちゃんが教えてくれたのは、ドレミファソラシドだけ。じいちゃんは、トーキング・ヘッズの、『リメイン・イン・ライト』のレコードも一緒にくれた。プレイヤーがなくて中3くらいまで聞けなかったんだけどね。学校でギターの授業があって、ガットギターがずらっと並んでて、弾きやすくて憧れたな。学校で女の子に弾いてあげてた。どんな楽譜でも、実はコードが書いてあるわけ。音楽の教科書とかも。それで弾いてあげると、超うまい人みたいに見えるって知って、まあ、ズルだよね。

4

僕は新政府内閣総理大臣

今、新政府活動を振り返る

二〇一〇年に拙著『ゼロから始める都市型狩猟採集生活』の担当編集者だった、九龍ジョーこと梅山くんが出版に際して、広報用にアカウントを取得した。そのとき梅山くんは「お前がツイッターを直接使うと、絶対に大変なことになる」とぼくにパスワードすら教えてくれなかった。そのネット堤防が決壊してしまったのは二〇一一年三月一一日の東日本大震災からである。三月、四月こそどうにか大騒ぎはせずに粘っていたが、すでに三月一五日には東京を脱出し大阪へ、その後三月二〇日には家族とともに東京・国立市から故郷である熊本市に移住していた。携帯電話に入っている知人に電話をかけまくり、避難しろと言い続けたが、一人も避難することはなかった。ぼくだけ勘違いしているのではないかと不安ではいたが、持病の躁鬱病も揺れに揺れ、躁状態が頂点に到達し、選挙など一度も行ったことのないぼくは何を思ったのか、突然、新政府を立ち上げ、その初代内閣総理大臣に就任したなどと言いはじめ、アトリエとして借りていた築九〇年の一戸建てを「ゼロセンター」と命名し、私設の避難所として無償で提供した。五月一六日には、梅山くんが使っていたアカウント@zhtsssを乗っ取り、ぼくの携帯電話番号〇九〇－八一〇六－四六六六を公開するとともに、東日本からの避難を不特定多数の人々に対して呼びかける。結果的に一〇〇名を超える人々がゼロセンターを訪れ、実際に熊本に移住してきた人も少なくなかった。それとともに、ぼくの躁鬱病もひどくなり、誇大妄想としか思えないことを吠えていたかと思った翌日に、真っ青な顔で過ぎ去った喧騒の日々を後悔する日々がはじまった。

よく死ななかったと思う。それくらい危なかった。鬱のときは本気で自殺を考えていた。突然の移住、政治的思想など持ち合わせていない無責任な人間による新政府、親しい仲間への暴言、鬱のときのやる気のなさ。周囲の人間だけでなく、不特定多数の人間を困らせ、困惑させ、迷いこませ、調子がよいときはとにかく頭の回転が半端ないので、まるで天才詐欺師のごとく、人を煙に巻き、扇動していく。耐えきれずにいなくなった友人、知人も少なくない。

『発光』（2017、東京書籍）

うまいいね。淀みなくこの原稿書いてる。あの頃したことに、後悔とか全然、なんにもない。ただ、やっぱりこういう感じで振り返ってるのは、まあ、デリカシーがあるってことなんじゃないの。みんなからしたら、新政府が頂点だよね。でも、僕には通過点。蕾みたいなもので、そこで終わんない。

僕の声が通った！

東日本大震災があって、あそこまで世の中がぐちゃぐちゃになってると、僕の周波数と合うんだっていうのを確認した。相手がノイズだらけだと、合っちゃう。あの頃は、自分の言葉が、世の中に通じたと思った。社会が崩れれば崩れるほど、僕の声は通る。感覚が合致したんだろうね。新政府はtwitterを使ったグーニーズ遊びだった。『ぼくらの七日間戦争』（宗田理、角川つばさ文庫）みたいなものでもあり、自主映画みたいなものでもあった。『独立国家のつくり方』（2012、講談社現代新書）の原稿もtwitterが元になっている。躁状態ならではの、ただの酔っ払いの文章だよ。このつぶやきが第何章のどこになる、ってはっきりイメージしながら書いていた。どういうことが伝わりやすいか、っていうのはわかってた。僕の周りにいる人たちが、ああだこうだ言ってるのを聞いて、なるほどこうならないようにしよう、こういうふうにしようって考えてた。そういうの、僕はすごく得意。誰も疑ってないし、そのかわり誰も信用してない。僕、なんの本も読んでないけど、素直だからね、もともと。わかりやすく、複雑なところをカットして、はい、って料理みたいにみんなの前に出してしまう。それは癖。根っからのエンタメ気質なところもある。

伝わる言葉とは何か?

一緒に戦っていきたい。しかも0円で。

必ずや将来、政治の在り方が変わる。

自治が主体の社会になる。

そう僕は確信した。

独立国家は、僕たちそれぞれの精神の中に、確実に生まれていると実感した。

これから始まるのだ。

勇気を持って、仲間と協力し合い、時には馬鹿みたいなことでもして笑いながら、気合いを入れて、取り組みたいと思う。

独立国家のつくりかた。
それを考えるということ。
それは、
「生きるとは何か？」
を恥ずかしがらずに真剣に考えることだ。
思考しよう。そして、社会を拡張しよう。
僕は、恐れても恐れず、ただひたすら思考し、生を全うしたい。
それが僕の使命なのだ。

『独立国家のつくりかた』

この『独立国家のつくりかた』という本や、新政府の頃に発してた僕の言葉って、僕の言葉じゃない。それは自覚していた。もちろん僕が書いたことだし、口にしたことだけど。躁状態に入ると、いろんな言葉がどんどんつながるから、その勢いを抑制しないまま言葉にするとああなる。みんなが使っている言葉を、僕なりにうまく編集しなおすと、ああなって、多分人の心はこれでぐっとくるよってのはわかっていた。そのあと、既存の言葉と決別するわけだけど、その前の、既存の言葉との最高の交わりだった。『ゼロから始める都市型狩猟採集生活』（2010、太田出版）では不用品を〈都市の幸〉と呼んで、それを拾って、組み合わせて生活する話を書いていたけど、それの言葉バージョン。しかも腐ってる言葉ばっか使ってた。「政府」っていう言葉も腐ってるわけで、だから「新政府」って言った。僕が扱うと、全然違うふうに見えるっていうのが実験したかったことだった。あえて腐った言葉だけ扱うわけ。

腐っているとはどういう状態か？

腐ってるっていうのはつまり、あまりにも身近にあるものと思われすぎて、人が振り返って考えたりしないもののこと。言葉だけが一人歩きして、それが一体なんなのかってことを誰も考えなくなったもの。言葉が既成の集団の中で伝達することだけに使われているとき、言葉は実は腐ってる。「国家」って言葉、「日本」って言葉。なんとなくわかってるようになってるけど、実はその言葉の枠は決まってるわけではない。「政府」だって同じ。言葉は本来、つねに形が定まっていなくて、うごめいているはずで、そのことについて考えるために僕は小説を書いているつもり。そういえば、日本だってもともとは江戸幕府があって、新政府ができて明治に変わったじゃん。でも人は、言葉は定義されていて、動くものじゃなくて、簡単には動かせないものだと勘違いしている。だからそういうことを揺さぶりたいと思った。でももともとは僕が揺さぶられたんだと思う。3．11のあと、誰よりも過剰に反応してた。嘲笑されていた。でも状況にも言葉にも揺さぶられるもんだと僕は思ってる。僕は何かが起きたとき、冷静にいられない。ネズミみたいに細かい音にもすぐ反応する。恐怖心がすぐに発動する。平常心がない。それは毎日のことでもある。毎日揺れてる。そもそも現実の状況はつねに動いている。みんなは、それだと不安だから、言葉で固めて、それはわかっているものだ、決まっていることだと思って、それ以上考えない。でも、僕はとてつもなく不安定な人間だから、言葉も信用できない。ほとんど腐ってると思ってしまってる。毎日、昨日の記憶も吹き飛んで、まっさらに世界を見てるところがあるから、言葉に対しても素直な目を向けてるのかもしれない。

明治の話をしたけど、歴史を踏まえて「新政府」を名乗りだしたわけじゃない。本当に僕は無知だから。そう考えると、ただの思いつきってことでもあるね。知っててやってるときもあるし、どっちもあるから正直よくわからない。もしかしたら全部ただの思いつきじゃないかって考えるときもある。

例えば「新政府」とかは、外側に対しての「思いつき」なのね。内側に対して思いつくと、それは「フィクション」って呼ばれるものになる。どちらも、現・現実と別のシン・現実があるんじゃないかと考えている点では同じこと。そして僕の中ではどちらもつながってるんだけどね。僕のトンネルはメビウスみたいに内側と外側がねじれてる。ただの管じゃないんだよね。でも、僕もずっと内側と外側を分けて表現してきたんだと思う。今は少し技術が向上してきたのかもしれない。混ざってきた。

感情的な僕と冷静な僕と面白がる野次馬の僕

原発のことだって、みんな触りたくなかったわけじゃん。わけがわからないんだから。僕は、ただまっさらに見てた。震災の前だったけど、知人が上関原発が建設されることに反対して行動を起こしてて、僕は建設することが悪いのか良いのかもわからなかった。でも、現場は見ておこうと思って、一緒に行ったんだけど、そのとき、反対派の行動を阻止するために、警備員が電力会社に雇われていた。若い人だったんだけど、なぜかおばちゃんたちを阻止しながら泣いてた。話を聞いてみたら、ここに来るとは知らずに雇われていた。なんだかおかしいなって僕は思った。それで、すぐにインターネットの番組「DOMMUNE」で特集をさせてもらった。

半分はこうやって何も知らない素直な僕がいて、半分は原発ってなんで誰も議論しないんだろう、なんだろう「原発」って言葉って、じゃあ、わざとこれを議題にあげてみようって思う僕もいる。感情的な僕と冷静な僕と面白がる野次馬みたいな僕も正直いる。いろんな僕がいる。特集してみたら、原発ってほとんどポンコツで、中でも双葉郡にある福島第一原発がいちばんのポンコツで危険だって、専門家が言ったわけ。僕が「地震ですか?」と聞くと「津波です」って。津波で電源が止まったら30分くらいでメルトダウンがはじまってしまいます」って。その番組を放送したのが2011年3月3日。その1週間後に東日本大震災が起きて、翌日福島第一原発が爆発した。現実と夢が、外側と内側がねじれて、今の現実に姿をあらわしたかと思った。

腐ってる言葉に注目して、その言葉を選ぶと、やっぱり言葉が揺れ動きはじめるのかもしれない。そもそも言葉はつねに動いているわけだから。それでも集団って本当に怖いもので、言葉は伝達のためにあるからって、考えもせずに使ってるとすぐ固まる。でも本当はみんな無意識で恐れてもいる。固めるのも怖い。でも揺れ動いて、不測の事態で、不安定でいるよりも楽だと思う。でも本当は怖い。みんな本当は、恐れている。

新政府活動を芸術にする

「国家」も「政府」も「総理大臣」も、僕にはまったく理解できなくて、そういうものが存在するとすら思えない。まったく現実味を持つことができない。そんなやつが「新政府」をやってるんだから、笑っちゃうよね。当然、新政府を作ったからって、現政府を討伐したいとかすら考えないわけ。「政府」も「新政府」も存在しないんだから争うことすらできない。でも、内乱罪ってのもあるらしくて、反社会的活動をすると捕まる可能性もあると聞いた。僕は反社会的というわけじゃなくて、もう一つ別の社会もありますよという意味で、別社会的行動と思ってやってたんだけど、捕まってもバカみたい。警察も裁判所も存在すると思えていないのに捕まっちゃうなんて。別社会が自分で作れちゃうって芸術ってことだなと思った。新政府活動を芸術にすればいい、ということを、早めに思っていた。もともと政治にまったく関心ないのに、政治活動をしてると思われてもしょうがない。新政府の延長として、いのっちの電話もやりはじめた。今になってみると、新政府は、医術の一つということも言えるんじゃないか。医術は芸術の起源でもある。

21世紀のハックルベリー・フィンとして

ただ、芸術に尊敬の念もなんも全然ないんだよ。「新政府は芸術活動だ」なんて言い訳ですよね?って聞かれたら、はいそうですよって答えるしかない。「芸術」より「爆発」とか「衝撃」とか、そういう感じがいい。そして「冗談」がいい。冗談を忘れると、人間って怒ったりする。一番ダサい。冗談が通用しない世の中だけど冗談を言い続けるのがプロでしょ。子供の頃の遊びそのまんまとも言える。思い立ったが吉日で、そのままやる。そしてもう、明日には飽きてたりする。飽きててもいいと思う。飽きるから、組織は組めないけど、ただ一人でやるだけ。思いついたままに言葉にする。声に出す。僕は、隣のハックルベリー・フィンだよ。トム・ソーヤーっていうより、21世紀バージョンのハックルベリー・フィン。クソガキ。ときどき、グッと落ち込むクソガキ。

2013年には、冗談で熊本市長選に出ようとしたこともあった。あのとき、ポスターは、バンクシーに書いてもらう、って僕は言ってた。ほんとは、僕がバンクシーと名乗って、全部自分でやろうとしてたんだけどね。それに、そもそも選挙に出るつもりもなかった。その気はあるって言ったらどうなるかって実験してた。みんな本気にしちゃった。僕はジョーカーだから、信用した瞬間に基本的に全部裏切るから、絶対信用しないでほしい。そして、僕は、本当はバンクシーみたいなのが、一番嫌いなんだよ。あいついいことしか言ってないでしょ。それ、やめようよ。そう言ってるお前がきな臭いとか言われてたほうがいい。人格者じゃ気持ち悪い。作るものもメッセージになっちゃってるもん。でもバンクシーの一番いいところは、誰だってバンクシーになれるってことだよ。

躁状態のときって総理大臣になるとか市長になるとか、もう本当に子供の思いつきだよね。バカだなと思うけど、そのときはそうなるから仕方がない。少しは落ち着いた今でも、躁状態になると、学校をはじめようとしたり、病院を作りたいと思ったりする。何か組織を作ろうとする。だから、今の国家も総理も市長も学校も病院も、経験から考えると、その昔、躁状態の人がはじめたんだろうね。そうやって組織されたんじゃないかな。太古にも僕みたいな人がいたんだと思う。だから僕がこういう行動してしまうのも、何かあるのかも。もちろん躁状態の思いつきは大抵、勘違い野郎の一時的なものに過ぎない。でもそのうちのいくつかが、暴力と組み合わさると、実現しちゃう。だから、失敗したり、うまくいかなかったりするほうがいい。可能性だけ見せる。それだけ。それ以上やると組織を作ることになる。組織になれずに、一人で妄想して笑われて終わることが大事なのかも。でも、思いつくんだからね。それは自然な動きでもある。

声が届く限界の人数

新政府活動は面白かったけど、人の反応を見てて、8割の人はバカだってことがわかってしまった。新政府に入りたいって封書を、新政府副総理だと冗談で任命してた熊本県副知事のところに送ったおじさんだっていたし、広大な土地を寄付したいと言う人もいた。それでつまんなくなって鬱になっちゃった。『独立国家のつくりかた』は7万部も売れた。本が売れすぎるってのもおかしいよ。僕のtwitterのフォロワーが今、約6万人だけど、少し多すぎる。5万人くらいが人間の声が届く能力の限界じゃないか。それ以上を相手にするのは僕は嫌だな。5万人以上に声が届くなんて、嘘だと僕は思ってる。

僕は直接連絡取れるってことが大事だと思ってる。全部直接対応してるから、どんなことを言ってもtwitterも炎上は起きない。文句があれば、twitterにも電話番号が書いてあるし、直接かけてくればいいんだから。とにかく対応する。もちろんときどきは変な人からも電話がかかってくるよ。でも、つい対応しちゃう。バカみたいにどんどん聞いちゃう。人がどういうことを考えてるか知りたい。僕はバカだから、大衆の声とかまったくイメージできないけど、いつも目の前の一人の人間が気になる。でも、人間に会うと疲れる。だから声だけ対応してる。声だけに対応するなら5万人は問題ない。その中からいのっちの電話にかけてくるのは毎年2000人くらい。今のところ、電話に出られなかったことはない。パンクすることもない。

無賃で働いて、人に奉仕しながら、宣伝活動もする

twitterが僕にちょうど合ってるんだよね。フラグメントを散りばめて、なんでも発信できる。ミシェル・レリスから料理まで、全部横断できる。僕には雑誌でもある。しかもこの雑誌はタイムラインまで入れられる。この時間にこれやって、この時間にこれ！とかフォロワーが思える。その感覚のずらし方も好き。毎朝連続ツイートしてたときなんか、謎の連ドラ感をみんな感じちゃってる。油断してると、すぐエンタメに突っ走って、すぐ物語にしちゃう。生きている人を登場人物にするのが好きだし、毎日、筋書き考えながら生活するのが好き。ビルディングスロマン

も入れてる。小説じゃ一切筋書きを書けないのに。小説のほうが、複数の現実を召還できるからなのかな。この現実で生きている僕はベタ絵なのかもね。ただのお調子者。それが嫌になって鬱になるし、元気なときは、浅く広く生きていこうと思うし。どっちもある。どっちがいいとか悪いとかじゃなくて、どっちもあるから、混乱する。毎日、混乱してる。だから、わかりやすい標語とかキャッチコピーも必要なんだろうね、ときどきは。これだけtwitterを使ってるけど、オフィシャルなサポートを一切受けないってのが、大事。無賃で働いて、人に奉仕しながら、かつ同時に宣伝活動もする。

根源的な問いに気づく人たち

twitterで書いた『独立国家のつくりかた』は人の言葉のブリコラージュ（寄せ集め）の側面はあるんだけど、実はディープイリュージョンも入れていた。根源的な問いをちゃんと書いてたと思う。土地所有制の批判について書いてるって言われるけど、それは僕の出発点の一つでしかない。そこから新政府まで作っちゃったわけだけど、別に今の現行の法律に対して、おかしいって言ってるわけじゃなかった。

僕が感じてるのは、もっと根源的なことで、それでもっと読む人の琴線を揺さぶろうとしてた。精霊が「土地は誰のものでもない」って感じてるんじゃないかって思ってるってこと。それはそのままそのあとに書く『幻年時代』(2013、幻冬舎)につながっていった。

ディープイリュージョンにちゃんと反応してくれた人もいた。ルドルフ・シュタイナー研究者の高橋巖さんは、ニーチェの『善悪の彼岸』と『独立国家のつくりかた』を繰り返し読んでるんだって、交互に。ここの中には何かがあるって。それはうれしいじゃん。その言葉だけで、励まされて僕は自信を持った。一方で読解力のない人も読んでる。本の中で実現しているほうがいいんだろうね。現実では失敗するべき。具現化されていいことなんか何もない。読んでくれた一人がその場で何かが変わるほうがとんでもないこと。強制もせずに、自ら変化させるにはどうするかってことを考える。でも、それも力ではあるね。今は力になりにくいものが気になる。なんの役にも立たないようなもの。でも、それが存在できるためにはどうすればいいかってことを考えてる。

新政府の終わり

思いついたことを表明して、みんなも興奮しちゃって、これはいける、と思ったら、ぜったいに鬱がくる。調子に乗らないための薬だよ。そこが素敵だよね。僕の体がブレーキをかけてくれる。僕の体は徹底した他者でね。たとえ腐った言葉を取り上げて、違う形で使い直したとしても、これなら人に伝達していける！と、すぐに勘違いがはじまる。そして腐敗がはじまる。それでも人は反応してくれるから気づかないうちに、腐ったまま使い続けてしまう。『独立国家のつくりかた』を出版したあと、何度もそういうことがあった。やっぱり人に伝達ができているっていう快感は麻薬みたいなものだから。金にもなるし、やめられない。でも、そうなると、すぐ鬱になった。体が拒否反応を示して寝込んでしまう。その経験があるから僕は今、自分の言葉を一つも信用しないっていう方向にむかっていけるんだよ。でも、あのとき、僕はイライラした。今がチャンスじゃないか、このまま突っ走りたいのにって。でも、ちゃんとやる気がなくなる。同じことを一定期間やったら、ちゃんと違うことをさせるように体は考えているみたい。おかげで、誰も期待していないことをやらなくちゃいけなくなる。振り返れば、新政府だって、はじめはみんな

「バカじゃないの」って言ってた。体がスムーズに動くほうをやったら、いつも周りははじめはそういう反応。鬱になって、また新しい何かをインストールしないと次に進めなくなる。でもそのおかげで、未だに仕事できてるんじゃないかって思う。消えずに済んだ。そして『幻年時代』を書いた。売れたんだから、『独立国家のつくりかた』のパート2出せばいいのにさ。でも、流れに乗ると、腐敗する。言葉もそう。人生もそう。流れには乗れない、ってのが鬱。流れに乗れないのは大事なこと。湧き水を見つけても、そこに水道通したら終わり、そこに流れがあると気づくことだけが生きることで、水道を通すとバチが当たる。

鬱が怒る、全面改正を迫る

新政府活動のあとのことだけど、そもそも言語を伝達に使うのが罪深いって、ヴァルター・ベンヤミンが言ってるのを発見した（「言語一般および人間の言語」）。誤読してるかもしれないけど。ただ名前だけが本来の言語なんだってベンヤミンは言ってる。「坂口恭平」っていう言葉にはもともと意味はないでしょ。だけど、坂口恭平っていうのはその人すべてを物語る。意味がない、だけど、すべて表す。こういう言葉を探すように、僕は小説を書いているのかもしれない。現場にあることをあるがまま表そうと。そりゃ、伝達に言葉を使ってれば体がしんどくなるわけだ。そういう考えを拾ってくるのが僕、得意なの。本は読めないけど、パッと開いたページから大事な1行を見つけてくるのがうまい。そうやってまた直感、思いつきだけを使って、進もうとする。すると、調子に乗りすぎって、鬱が怒って、僕に全面改正を迫ってくる。その繰り返し。おかげで何度も生まれ変わってる。鬱になると誰にも読めないような言葉を作り出そうとする。流れを作る。そして流れを眺める。水が湧いてる様子を飲むのも忘れて、ただ見てる。水なのかすらわからなくなってただ眺めてる。元気になると、そのときに出てきた言葉を伝達しようと暴れまわってしまう。湧き水の場所は知らせたほうがいい。でも伝えると、水道を通す人間があらわれる。だからやり方を考えないといけないんだろうね。

違和感は空気のように漂っていたほうがいい

結局、僕は同じことをすると退屈するってことなんだろうね。そのときそのときで感じたことは全部嘘じゃないから否定しないけど。例えば、ポール・サイモンの音楽って、素直に聞けるポップソングのようだけど、とことんリズムはずれてるし、崩れてるからすごい。いつも刺激になる。音楽も、やっぱずらさなきゃだめで、おんなじ拍でいっても、40分くらい聞いてると退屈するんだよ。ごちゃごちゃした違和感がないと、聞いてもないのに、聞いてると誤解したまま進んじゃうからね。考えなくてもいいのは楽だけど。

違和感は地震みたいなもの。強く揺れると、自分が立っている場所が当然のように存在してるってことに疑問が湧くでしょ。なんでコンクリートでできた何十階もの高層の建物が立っていられるのか？　だって、未だにコンクリートがなぜ固まるのかって解明されてないんだよ。建築基準法をクリアしてたら、なんでも建てていいことになってる。それを誰も不思議に思わない。ポール・サイモンのリズムを聴きながら、僕はそういうことを想起する。分裂も悪くない。目の前のことを一切信じられなくなるってのは悪いことでもなんでもない。違和感は空気のように漂っていたほうがいいと思う。

２０１１年に僕が「新政府初代内閣総理大臣」とか名乗りだしたときは、その前の状況に違和感を感じてたってこと。でも、「新政府」って口にして、人に通じちゃうと、次第に違和感がなくなっていく。「新政府領土拡大計画」とか言って、領土が広がっていったりもした。妄想なのに！　僕はただ自分が感じた違和感のまま進んでいるだけだったけど、これは地面じゃないってまた気づいて、気づいた途端に、バラバラになって不安になって鬱に陥る。そうやって焼け野原になると、またゼロからやるかって気持ちになる。それを繰り返してる。違和感を感じてるってことは、新しい何かに気づいてるってこと。でも新しいものはいつも形になっていない、地面になってないから歩けない。居心地も悪い。でもその時点でもう次のことに取り組んでいるんだよね。それに気づくと、違和感に感謝するようになる。変わるのは大変だけど、コンクリートのビルを見てたら、やっぱり次に行こうって思う。それが僕にとっての死なない方法。金を稼ぐ方法も大事だけど、何よりも死なない方法が一番大事。

ひたすら躁でありたいっていう気持ちは、新政府活動で終わった。『幻年時代』のときからは、全然違う。鬱もいいじゃんって思うようになってきたし、そりゃきついけど、砂漠の中にいるから、水を求めてどこまでも歩くからね。鼻も実は利いてる。見つけるためには潜らないと仕方がない。でもきつい。

鬱になると、もう全部きつい、怖い。溜めていた、カットしてた恐怖心が全部襲ってくる。まるでバッドトリップ。躁のときに勇気を使ってしまう。今はあまり使わないようにして、小説を書く瞬間の緊張感とかに持ってきている。

躁鬱病ゆえだと思うんだけど、大事なときは、全部恐怖心が飛んでしまう。まるで勇者のように、ひたすら勇敢。僕の4年生のときのあこがれが、「ドラゴンクエスト」の勇者だった。戦士とか魔法使いとか、そういうふうに職業化されるとつまんないと思っている。もうあのときから躁鬱だったんだろうな。もう萌芽は出ていた。29歳までバッドトリップはなかったけど。うちの親父方のほうは躁鬱気質だった。曾祖父は世界を変えると言って、なぜかハワイに移住して、何をそこでやったのか知らないんだけど、結局無一文になって熊本に帰ってきたらしい。近くに住んでいる人が嘆いていると、それを聞いて、町長や県庁とかに直談判に行ってたって。あと神楽が得意だったそうな。

占い師に先祖を見てもらったことがある。その人が追いかけられたのは、鎌倉時代までなんだけど、僕は戦場で、一番前で、歩いていた歩兵だった。占い師がそいつ（歩兵）の目線で見るところによると、剣の先が見えていた。「面白すぎる」って占い師は笑ったんだ。「坂口さん、剣を持ってません」だって。僕は、剣も持たずに、ただただ剣を避けて、そのまま敵陣をぬって大将のところに行ってたんだって。

剣がなかったら、敵も戦意喪失だよね。こっちは戦意がないんだから。攻撃力ゼロ。攻撃という概念がない。防御力もゼロだよ。すばやさ100とかそんな感じだけど。ただただ存在が鋭い。刃物でもないし、アルマジロみたいな感じでもない。

鬱になんなかったら、僕は無敵だよ。でも、鬱になるからいいんだろうね。天狗になれない。人間のままでいる。

文人として

新政府後の鬱から職業訓練がはじまった。言語の訓練。修行して、ちゃんと文体を持ってる人間になろうとした。「文人」がちゃんとしない限り、定住社会の世の中はまともに動かないと思うようになったんだよね。「文化」という言葉がそれをよく表している。元は「文治教化」のこと。文で治め教え導くって意味。武器でも金でもなく文人が大切なんだよね。僕は、本番の中で練習していく。むしろ練習は本番だけ。下手なまま『幻年時代』を書いていった。僕は、いいもの書けたとは思うんだけどね。

『独立国家のつくりかた』の前に『TOKYO 一坪遺産』（2009、春秋社）という本を書いた。これはあんまり売れなかったんだけど、自分にとっては大事な本で、それが『幻年時代』につながった。

いつもは作業をしていた机の下に入り込んで、座るための椅子をテーブルのように使うだけで、非日常的な空間が手に入る。狭いと思っていた机の下は、そこに身を置くととても心地良い空間だった。さらに洞窟の隙間から、外を眺めると、そこがいつもの混沌とした子供部屋ではなく、まるでサバンナの荒野のように感じられたのだ。視点を変えると、まだまだ小さな部屋には可能性が残されていた。（中略）／僕は小学生の頃に建築家という職業があることを知り、将来の夢として思い描くようになった。けれど僕が目指していたのは、一番始めから「建てないで、捉え直す」という方法であったのだ。それは当然のことながら既存の建築家の仕事とは全く逆のやり方であった。作らなくてもいい、というのは建築の仕事では有り得ないからだ。仕事として成立しない。作らなくては話にならないのだ。そんなわけでもちろん僕は路頭に迷うことになって、今は絵を描いて展覧会をやったり、本を書いたりしている。（中略）新しい何かを作るのではなく、やはり僕がやりたいのは新しい視点を見つけることなのだと日に日に考えるようになった。／何も建てずに、空間が目の前に広がっていることを体感させる。もうこれ以上建物なんか作る必要はない。今、必要なのは頭の中にでっかい都市を作り上げることだ。

『TOKYO 一坪遺産』

この本は、靴磨きのおっちゃんやら、宝くじ売り場のおばちゃん、庭がないところに庭を作ろうと奮起してるおじちゃんとかにインタビューしてるルポルタージュで、とにかく狭い空間しか手にしていない人がどれだけ想像力を働かせて、無限に広がる時空間を手に入れてるのかっていうのを僕の妄想もたっぷりに取材してるんだけど、このときに見た風景はそのあとに書く『幻年時代』の萌芽になっている。つまり、「思考という巣」を見つけてたんだね。そのあと書き続けることになる小説に続いていった。

『幻年時代』という実験

覚悟を決めた僕らは、懐中電灯のスイッチを押し、大人にばれないように鉄製のふたを閉め、ドブ川の冒険を始めた。／（中略）「ガガンボに刺されたらたまったもんじゃないよ。蚊に食われたときよりもかゆくなる」／タカちゃんはそう言うと暗闇に懐中電灯の光線を放ち、ガガンボを発見しては僕に逃げるように指示した。彼は怖くないのだろうか。タカちゃんは頼りになる男だが、同時に僕の自信を失わせる存在でもあった。揺れ動く思考によって停滞する僕の先には、懐中電灯というレーダーを駆使し、暗闇の中で偵察機を発見しようと必死になるタカちゃんの姿がある。／（中略）トンネルを抜けるといつも橋の上から眺めていたドブ川に出た。いつもは見下ろしていたドブ川から、世界を見上げた。同じ空間であるはずなのに、橋の下から見る風景は新鮮だった。空間は別の角度、別の高さから見るだけで、変貌するのだと知った。『幻年時代』

『幻年時代』のとき、幻冬舎の編集者からは、自分の幼年時代の遊びを描いてくださいっていうだけの依頼だった。僕は依頼に絶対応える、そして絶対応えない。いろんな遊びが書かれてくると向こうは思うわけだけど、送られてきたのはそれだけじゃなく、もうわけがわからんものも……。この本は1週間で書いてる。1日50枚。初稿は350枚書いた。あれが躁状態を原稿に書くっていう実験をした初の試みだった。原稿にすると、他のことをしなくていいんだってことにも気づいた。新政府は力を持て余した僕の遊びだったわけで、物理的にあっちいってこっちへいってだと疲れるわけ。でもそうしないで、力をぎゅうって原稿に向けたらどうなるか試したら、1週間ですべてできた。まったく違う内容の本に見えるけど、自分としては『独立国家のつくりかた』にまっすぐつながってる。皮をむいた感じだった。さっき、『独立国家のつくりかた』は土地所有制の批判ではなくて、土地の精霊の声が聞こえていたって言ったけど、『幻年時代』はまさにそういう話だった。

砂の言葉

『幻年時代』に書いた4歳ぐらいのときは、親父がNTTの社員だったから、社宅に住んでいた。福岡の新宮ってところで、近くには玄界灘があって、松林があった。僕はその松林が好きで、いつも砂浜を歩いてた。砂も好きでね。砂浜の砂だけじゃなくて、目と鼻の先にある僕の社宅の砂場の砂も。海沿いと砂場の砂は違う。『幻年時代』では、そういうことばかり考えてた4歳のときの話を書いた。土地は誰のものでもない、という言葉は、僕の叫びじゃなくて、どこから連れてこられてきたかわからない、社宅の砂場にばらまかれてた砂の言葉だったんじゃないか。それだとあまりにも精霊的すぎるから、『独立国家のつくりかた』では、建築家志望の青年が言ってるふうに書いていた。でももうその感受性の芽は4歳で出てたんだと思う。しかもその芽は今書いている「カワチ」にもつながってるし、『現実宿り』（2016、河出書房新社）って本は主人公がそのまま「砂」。なぜか人間じゃないところからの視点が僕にはたくさんあった。別に僕は霊感が強いとかじゃないし、幽霊も見えない。植物や動物と話せるわけでもない。ただの人間なんだと思うけど、書いていることは僕の言葉でも人間の言葉でもなくて、生き物の言葉でもないんじゃないか、もっと石とか水とか砂の言葉なんじゃないかと思うときがある。

境界を描く

『幻年時代』を読んだ、思想家の渡辺京二さんはずっと僕に言ってた、境界を描いてるって。

十一棟の周辺は新しいアスファルトで舗装されており、その道は団地を抜けると砂利道に切り替わる。アスファルトと砂利の違いは、僕には境界線のように感じられていた。アスファルトは絨毯であり、砂利道はそこが室内ではないことを意味していた。砂利はまだ白かったので、アスファルトと同じように新しく敷き詰められたばかりだったのだろう。人間の足跡と付き合いの浅い白っぽい砂利を見ると、僕にはそれが自然物ではなく、もっと人為的なものに思えた。／(中略) 砂利道は内と外の混ざった曖昧な空間として、外界と電電公社の団地を繋いでいた。

『幻年時代』

4歳を振り返って書くのではなく4歳で書く

そして『幻年時代』が、さっきから言ってる「自分がトンネルになる」という作業をはじめた最初の作品だと思う。はじめはこんなことを書くつもりはなかった。それまでは自分が知ってること、言葉にできること、理解していること、考えていることを言葉にしていた。この本を書く前もそれをやろうと思った。でも、いざ書こうとすると、全然違うことばかり頭に浮かんできた。そして、4歳のときの記憶を書くってことにした。4歳の自分が本当に経験していることを、4歳の自分として見る。もちろん言葉を使って書くのは今の僕だけど、あくまでも見てるのは4歳のときの僕というふうにして。俯瞰して今の僕が記憶を元に書く、って作業じゃなくて、4歳の僕がそのまま経験している状態そのものを言葉にしようとした。だから、住んでいるところも本当よりも広く感じたし、時間もゆっくり流れている。それをできるだけそのまま再現する。いや、再現しようとすると、どうしても今の自分の思考が入ってくるから、再現しないで、もっとその記憶の時空間の中に入っていくみたいな方法を取った。そうすると、たった20分くらいのはずの家から幼稚園までの道のり、これがこの本の内容のすべてなんだけど、それが原稿用紙で350枚くらいになった。それは発見だった。もちろんまだ自分の記憶の中のことでしかなくて、自分が「トンネル」になるには未熟だった。まだ「自分」からは抜け出していなかった。やがて、自分の記憶から脱却していくことで、トンネルが複雑に、形も持たないまま、いろんなところにつながっていることに気づいていく。でも、今につながる方法を見つけた瞬間であることは確か。

この砂利がどっからきてるのか、植え込みの植物はどこからきたのか、すぐ近くの砂浜とこっちの砂がなぜ違うのか、とか。空間と空間の間の境界ばかり目がいってた。そもそも4歳のときだから、家から出るだけでどこも知らないし、怖い場所。自分の家は一棟の団地の中にあり、それは団地の敷地に覆われていて、さらに米軍跡地を再開発した地域に覆われていて、それがもう一方の高級住宅街のセキスイハウス群と接していて、さらにもう一方では昔ながらの漁師町の古い町並みと接していた。接しているところにはドブ川や線路、松林などがあって、僕はその境界線をすごく強烈に感じていたみたい。4歳のときの時空間の中を彷徨いながら書いていると、どんどんそういうことを思い出していった。ふつうはそれは郷愁として描かれるんだけど、そういう甘いものじゃなくて、異物であるとか、知らぬ間に分断されてる感じとか。そうやって4歳の目や皮膚になって見えたものをできるだけ書いてみたのが『幻年時代』だった。そこに砂がもう出てきてる。

僕は石が叫んでるのを聞き取っていた。「私ここがどこかわかりません」って石が迷子になってた。「スピリチュアル」と呼ばれるものと方向性は似てるんだと思うけど、僕は人間主体に石を擬人化してしまうことはない。僕の場合、逆。僕が石になる、僕が砂になる、僕が猫になる。謙虚なのよ。地球を、全然人間の世界だと思ってない。ここは石の惑星だと思ってる。地球の8割が溶岩、岩石、鉱物だからね。水分なんて少ない。

『幻年時代』の本の主人公は僕なんだけど、同時に僕は団地に敷き詰められている砂に焦点が合ってる。まだ砂は動き出してはいなかった。これはそのあと『現実宿り』という、まさに砂が主人公の小説からはじまる散文作品にもつながっていった。自分では書こうとすら思っていなかった。

風がまた吹いた。砂は退屈そうにまたがると、地表の上すれすれを回転しながら流れていく。移動した先でまた出会いがあればいい。いつも砂は移動した先で家族とは言えないまでも、集団を形成していた。水分もなにもない。しかし、砂は何一つ困ることがなかった。人間たちは水を求めて争っていた。そのときの気配がまだ残っている。

『現実宿り』

渡辺京二による見極め

『独立国家のつくりかた』までの本はすべてまったく意味がない。『幻年時代』は文学で、それまでのものは結局余興でしょ。君は文学者なんだけど、というようなことを渡辺京二さんと初めて対談したときに言われた。「熊本日日新聞」の2014年1月3日掲載の対談でのことだった。あれだけ本読んでる人が、こんな小説読んだことないって言ってくれた。どういう書き方かとか、物語がちゃんと成立してるとか、そういうのどうでもいい、書かれたことがないことが書かれてある、それだけでいい、それだけが重要だって言われたの。彼が編集者として担当した作家・

石牟礼道子もそういう才能だったたって。

僕はリボーン、リボーン、リボーンし続けている。速度が速すぎるから、飽きっぽいと思われてるのかもしれないけど、違うんだよね。すぐ次何をつくればいいのかって迷っちゃう。悩んで先が見えずに絶望しちゃうんだけど、「次」はその落ち込んでるときにしか見えてこない。その感じが面白い。なんどもなんどもリボーンしてる。『0円ハウス』を出したとき、僕はバカだから、写真集出したんだから僕は写真家かもしれないと思って、次も写真集を作ろうとしてた。と思ったら次に『TOKYO 0円ハウス0円生活』（２００８、大和書房）という文章を書きはじめた。文章を書いてみたら意外とうまくいったんだけど、これもまたすぐ次に書くことがなくなって。DOMMUNEで人前で話す、歌うってのをやりはじめたら、また面白くなって、それでまた新しくお客さんが増えた。盛り上がってたところに地震がきて、原発が壊れて、僕は熊本に避難して、仕事は1回あぶれたようになっちゃって、でも新政府を思いついて、それで逆に自分の思考がうまい具合に立体的になって、でもやりすぎて鬱になって、小説を書くということを見出していった。

僕は、よく一発屋だと言われる。『0円ハウス』を出したときも、新政府をはじめたときも。２００４年に仕事をはじめて、今年で活動15周年だからね。よくやってるよね。しかも、どの一発も別に爆発してないね。不発弾のまま転がってる。

5

僕の経済

坂口家の収入について

どうやって食っていくか。本当にこれが一番大事なこと。僕はこれを考えるのが一番好きでもある。はっきり言って僕の仕事はお金にならない。でも、2011年から年収は一切変わっていない。毎年ちょうど1000万円。上にも下にもいかない。みんないくら稼いでるか教えてくれないから他の人はどうなのかわからないけど、僕は今の仕事を続けてたらこうなる。家族もいるし、妻は専業主婦だし、たとえ病気だろうが、僕が稼ぐしかないからがんばってる。

長編小説「カワチ」は2000枚だから、文芸誌が掲載してくれたなら、1000万円くらい入るのかもしれないけど、僕はいつも書き下ろしでそのまま本にしてしまう。お金にするよりも、そのときに作ったものをそのまますぐに本にするほうが精神衛生上いい。でも、それをすると100万円くらいにしかならない。僕は年に2、3冊出版しているけど、それでも300万円にもならない。これじゃ食っていけない。連載は3本くらいやってるけど、これでも年間100万円くらいじゃないかな。あとは絵を売ってる。これも年間300万円分くらい売ってるんじゃないか。あとの300万円はもう自分でもどうやって稼いでるのかわからない。とにかく毎日つくってるから、なんとかなるって言えばなんとかなる。

とにかく興味が拡散してて、なんでもやってないと落ち着かないだけなんだけどね。といってもどれでもすぐやらなくなると忘れちゃう。なんでも初めてやったときが一番快感を感じるみたいだから、とにかくなんでも初めてやりたい。それは自分の幾重にも分裂している人格をバランスよく表に出すことで、健康になるってことでもある。作品を作るってことよりも、健康を創造してるって感じに近い。だから、評価は二の次になる。自分にとっての健康が、それも超健康が実現されるほうが何よりも面白い。

食べていくためのポイント

僕はギャラリーにもついてないし、どこかの出版社の文芸誌に毎月原稿を送ってるわけでもないし、パトロンみたいな人もまったくいない。だからそれなりに毎月ギリギリ。それでもこうやってできてる。文章で食っていくのは大変、みたいなことはよく言われるでしょ。でも、次を作っていればなんとかなるんだよ。売れるものを作るよりも、売れなくても、自分で絶対ゆるめていない新作を作り続けるほうが、やっていけると思う。「カワチ」なんかまだ出版するって言ってくれる版元とも出会えていない。でも、それでいい。僕がいろんな分野の仕事をやってる理由は稼ぎのためだけじゃない。何度も言うけど、僕はなんでもやるほうが体調がいいからこうして、作り続けている。この道一筋にするとろくなことにならない。

本の出版、AppleのCM、養命酒のCMソング、医療関係の講演、岩波書店の『定本　漱石全集』の解説、NHKでいのっちの電話をやってくれないかって話、書籍を映画の原作にしたいって話、老人ホームの壁紙に僕の絵を使いたいって話、絵の個展、詩に曲を付けてくれって仕事、本当になんでもある。なんでもやる。でも、面白くないのは全部断る。面白ければ、無償でもやる。こうやって仕事を縦横無尽に歩き回るためにも、毎日、わけのわからないことを結びつけながら考える、作る、文章にする。思いついたものをそのまま作る。そうやって、世の中の動きとかと関係なく過ごす。僕は一生、売れなくても問題がない。それでも食っていけるようなシステムを作ってる。変に目立ってもすぐ飽きられるし、自分でも同じことを再生産しちゃうから、質が落ちる。そうじゃないやり方で、いつもフレッシュでいれるようにしたほうがいい。とにかく次を作る。思いついたものすべてを作る。これが食っていく方法。自分は作家なんで音楽はしないとか言わない。思いついちゃったら、失敗してもいいからとりあえず終わりまで次を作る。これが僕の食っていくためのポイント。

「絵空図」を飛び越える

そして実は「失敗」なんてない。失敗が「ある」のは、作る人が指標している既成の形があるから。僕は、それを捨てる。捨てても、その1秒後に、次の指標が出てくるからそれをまた捨てる。

人間って、どんな作家であれ、画家であれ、こういうものをつくろうとかいう「絵空図」をすぐ描く。作品を作らずに生きている人だって、すぐに既存の言葉で自分の状態を決めつけてしまう。もちろんそうすることで身を守ってるんだけど、そこを飛び越えていく。書いてないときにその思考を鍛えてる。僕は、つねに間違えない。すべての絵で1枚も失敗したことない。一発勝負。失敗して捨てた絵が1枚もない。原稿もほぼそう。つまり、一発で、そのときにやったものだけを真空パックする方法をとってる。

絵空図の飛び越え方は、なんていうのかな、僕もわからない。「チャカチャカ」って感じなの、テレビ・ゲームでいうと「わーやー」ってそういう感じに近いんだけど……うまく言えないな。

人間って、たいてい自分が一つの塊だと思ってる。でも、本当はそうじゃないと思う。脳みそだって、たくさんの細胞がそれぞれ動いている。目に映るもの、頭に浮かぶもの、思い出すこと、考えもしないようなこと、外で吹いてる風とか雨とか、虫とか他人とか、石とか車とか本の中の文字とか、あらゆることと関わりがある。意識というものがあるとしたら、そのそれぞれに巻き起こっていることすべてがその一人の人間の意識ってことなんじゃないかと思っている。自分の考えで生きている、という思考回路は、勘違いで、一人の人間の周りで起きていること全体のコピーとして自分があると気づいたとき、人は死にたくなるんじゃないか。死にたくなることを忌避するより、むしろとてもいいことだと思ってほしい。自分は人間という固まった物体であると思い込んだまま生きるよりも、面白くなるんじゃないか。

僕は、「これが自分の考えです」ってなかなか言えない。ここでこう言ってるから、矛盾してるんだけど。でも、こういうものを残すのは、自分という固体を液体にして、気体にして、電子状態にさせるための過程のつもり。こうして、これもまた言葉になっちゃう。だから、また鬱になるんだと思う。いつかは黙ったまま生きるようになるのかな。それでも文を書くんだと思うけど。なんの意味もない文を。ただ新しい現実にとっての風とか石みたいに「ただそこにあるもの」みたいな言葉を。

本が売れなくてもいい

この本、売れなかったらどうしよう、とかそれもない。食うのと本を書くのとを別にしてる。食うのは食うので自分でなんとかする。僕は商売してない。人生で会議なんか1回もやったことない。これをどうしたらああなるとか、なんもない。もっと重版しろとか、一切思わない。どうだっていいよ。ただ、僕、好きにやるから、好きに営業するから、どうせ版元は僕のこと嫌いにならないでしょって。次の本が出せればいいだけだから。10万部いこうが、ちゃんと重版して、2刷りで終わろうが、初版でもどれでもいい。ほんと版元とかには申し訳ないけど、ただし、初版は全部売るよって感じ。だから書店にも出向きまくる。そんな営業活動する人間の次の本を作りません、とは版元も言わない。そこらへんが上手だよ、僕は。重版までこぎつければ、版元は文句言わないでしょ。でも正直言うと、僕の本の成績を見たら、そんなによくないわけ。でも、僕自身の営業のおかげで『現実宿り』（2016、河出書房新社）とか『けものになること』（2017、河出書房新社）みたいにふつうじゃ本にならないものも残せた。つまり僕は、ふつうの出版のラインで戦ってないってことなんだ。既刊の売れ部数だけを見て、新刊を出すか出さないか決められるような世界にいない。版元に、この人間と仕事したい、と思わせるだけだよ。このやり方なら資本主義を超えられる。僕は資本主義を超えようとか思ってないけどね。ただ生きようとしているだけ。

鬱になったら24時間ずっと自分のことで悩む。ほんとこれひどいから恥ずかしくて言いたくないけど、鬱で苦しんでる人はみんなそうなってる。それって何かを24時間ずっと考え続けられるってこと。それが自分に向かいすぎてるから、悩んでしまうけど、内側には自分のこと以外ももちろんある。いくつか穴が空いていて、そっちを見れば、24時間書くことについて考えるってことになる。24時間悩んでるよりマシだと思いながら書いてる。だから何を書いているのかすら記憶にない。ただ苦しくなりすぎてきついから、自分のことに向かわせないように書いているだけ。でも、そのおかげでやろうと思えば24時間書き続けられる。書くのを止めるとまた鬱がはじまるから。生活は大変だけど、そのかわり次を作り続けることはできてる。

僕の仕事はコスパがよすぎる

どうせ金がなくなったら、毎日路上で歌えば、1日1万円稼げる。学生時代実際やってた。金を稼ぐ方法はなんでもいいんだけど、中でも歌はコスパが良すぎる。でも、僕の仕事はすべてコスパが良すぎる。原稿も、今じゃ取材もほとんどしない。ただ体から出てきたものだけ。数年前に買った8万円のMacBook Airさえあれば、全部生み出してくれる。結局、僕がやってることで金がかかることは一つもない。原稿はほとんどお金がかからない。絵は1枚150円の紙に描くだけ。絵の具は絵が売れたときに買い足すくらい。歌は1万円のギターを使って、携帯電話のボイスメモに残すだけ。そのあとなんの処理もしない。経費もほとんどかからない。とにかく金があってもなくても、どんな状態でも同じ作業ができるようにってことを考え続けてる。何もなくなってもつくることだけはできる。紙と鉛筆だけあればいい。

金どころじゃない

でも、僕は貪欲。欲望のまま生きたい。貪欲すぎて、金が無用なの。欲望は止まらない。だけど、本来の人間はそうだと思う。欲の塊だから、人間って。僕は金で買えるもので今ほんとにほしいものっていう概念がない。印刷機を買えば本も自分で作れるかな、とか思うけど、それでどこにでもあるような本を作ってもしょうがない。本だったら手で作りたい、ってそっちにすぐいっちゃうもんね。物欲で得られるものじゃ、僕は満足できない。そういう意識でやってる。製品で生きる人じゃない。金持ってどっか高いところで飯を食うとしたら、そのいいレストランでは、シェフは想像力をかき立てられてるけど、僕の想像力は全然かき立てられない。僕にお金があるのなら、漁船は買うかもしれない。でも漁師に、結局こうやって大量に釣ってもダメなんですよって言われて、一本釣りのほうに行っちゃいそう。漁船じゃちょっとうるさいのですぐ魚にバレるんで、やっぱ木船ですよ、みたいなこと言われて、船作んなきゃみたいな話になりそう。そしたら、金どころじゃないね。でも金を稼ごうともするよね。言ってることが破綻してる。でもどっちも本当のつもりで言ってる。全部自分の口から出てることで、どっちも本当。

物欲とは何か?

ものがほしいっていうのは、つくりたいって意味。ほんとはみんなつくりたいんだよ。want to make で、want to have じゃない。僕が編み物とか料理とかしてたら、みんなむっちゃつくりたくなる。全員ほんとはそうでしょ。でも、喜びを知らない人はいくらやったって金、金、金になるんだよ。ほしいと思うものをつくる、僕はずっとそうやってきた。小学生のとき、サンリオの文房具がほしかった。そこで作る。まずキャラクターが必要だから、キャラクターを作る。僕はアリとキリギリスに出てくる、キリギリスを主人公にして、グッズを作ることにした。レターセットとか下敷きとか作った。もちろん下手くそだったけどね、サンリオグッズとは全然違った。でも、なぜかそれで物欲は収まったわけ。ゲームのカセットとかもそう。RPGがほしかったら、それをノートに作る。そのノリで今でもやってる。だからほしいと思ったら、むちゃくちゃ嬉しくなる。お金がなくても問題ない。手に入れられなくても気にしない。ほしくなればなるほど、どんどん作っちゃえばいい。これ元気になる方法でもあるんだよね。いのっちの電話でも、外に出られるようになった人にはウインドウショッピング行ってみようって誘う。それでほしいものを見つけて、徹底的に観察する。細かいところまでよく見て、もっとほしくなる。それで、家に帰ってきて、作りはじめてみようって言うのよ。できるだけイイものをほしいと思って、それで自分が作る気分を高めてね。たとえうまくできなくても、自分で作るとすごく満足するんだよね。そう思うと、いつも好奇心むくむくになってくる。お金稼いであれを買いたい、これを買いたいっていう欲望を抑えなくていいいわけだから。どんどんほしいって思っていい。それを全部作る。なんか喜びがおかしなことになってくるくらい、街歩いてて楽しくなるよ。これみんなもやってみてほしい。ぼくはそれで全部やってる。読みたい本を自分で書く。ほしい絵を自分で描く。聞きたい歌を作る。着たい服を編む。編むだけじゃなくて、布があれば縫製もできるかもと思って織物まではじめちゃった。食器がほしくて、陶芸とガラスもやった。家もそういうノリでいつか作りたいね。釘1本から自分で作って。僕、大概のことはもう手に入れた。買ったわけじゃない。作れるとわかってきた。憑依もできる。フランク・ロイド・ライトの建築見たら、そこに住んでるようなイメージと、そこの中にいるっていうイメージが作れる。でもこれって節約のつもりでやってるわけじゃないんだよね。そっちのほうが面白いからやってる。

認められなくていい

つくるの好きだけどお金にならない、とか言ってる人の100%、100人が100人、賞に応募してる。つまり認められることを目的としてる。認められないほうがいい。人に認められると、やっぱり焦る。自分で認めてあげればいい。僕、2

004年に初めての本『0円ハウス』（リトルモア）を出したけど、例えば、そのときの芥川賞ノミネート作家で、未だに毎年本を出している人いないんじゃないかな？　それが結論だよ。受賞して、食べられるような構造に乗った、と世間に思われるのもきついでしょ。あれはしんどいよね。やっぱり消費されるんだろうね。もっと売れずに、くすんで、イライラしててほしい。その中で、力込めて書くとか、そのほうが、全然いいんだろうけど。でも僕も芥川賞もほしいんだろうね、こんなこと言ってるんだから。認められなくてもいいとか言って認められたいんだろうね。でもその先に行きたいから、やっぱり次作るしかない。ほっとくとすぐ欲の塊になるよね。だから、ただ作る。作るのは、流れに乗らないための方法なのかもね。

小説となると僕はつい1000枚近く書いちゃう。それじゃ文芸誌にも載らない。「カワチ」なんて2000枚書いちゃったし。まったく原稿料は入らない。それでも食っていく。

合うことだけする

とにかく、自分に合ったことをやればいい。その人しかできないこと。絶対に人の真似をせずに、影響受けずに。どうやったら合うことが見つかるかってよく聞かれるけど、余計なことをしなきゃいい。金のためになること。そういうことしなきゃいい。僕が見つけてあげたいよ。すべての人を適材適所に、が僕の夢。必要な金額も教えてもらう。その金額を絶対に獲得する方法が僕にはわかる。ただし、もしも稼いでも生活水準は変えちゃダメ。ちょっとおしゃれな車にしたりとか、そんなのしなくていい。ほんとにおしゃれなやつがラパン乗ったって、別におしゃれだからね。関係ない。ときどき聞かれるもん、坂口さんの乗ってるこれ、なんていう車でしたっけ？って。おまえ「ラパン」だよ、って。僕が乗ると、車の認識まで変化しちゃって大変だよ。

お金のためにやらない、合ってることしかしない、って怖いと思う人もいるけど、いやいやいや、自分を折り曲げるほうが怖いと思うけどなあ。前例がないから、怖いんでしょ。周りが折り曲げてる人ばっかりだから。「え、お前やばくない、給料どうせあがんねえぞ」とかすぐ言われる世界の人だから、怖いんでしょ。僕は親父はサラリーマンだし、なんでこうなったのかは、わからない。親父は飄々としてた。働くことに意味があるみたいな感じでもなく、でも働かないわけでもなく、自分はこれしかできないし、とか卑下しつつも、でも心は飄々としているように見えた。歌を歌う人だから、歌でなんとかやっていけばいいのにと僕も思ったりもしたけど、無理やりそういうことでがんばることはしないほうがいいよって自分では言ってた。うなだれてるようにも好きに生きてるようにも見えた。変な人だよ。僕の一番最初のファンだし。

僕は焼け野原にいる

結局みんながやられるのは、金なんだよ。不思議でしょうがない。稼いでも、みんなたいてい中途半端な金持ちなんだよね。金持ちには結局なれてない。何億円なんかいらないでしょ。そんな額を手にするとき、絶対嘘が入り込んでるから、おかしなことになってるんだよね。自分でコントロールできる中で、確実な経済をやるとか言いながら、僕も金持ちになりたいと思ってるときがある。本当に信用できないよね自分が。コロコロ変わることだけは完全に信じてるけどね。僕は実は商売的には、かなり手堅いことしかしてない。一切投資しない、一切資金をかけない、元手ゼロの、設備投資ゼロ。そして徹底して計算してる。つねに自由でいられるために、お金をきちんと保持しておく。生命保険だけでも月に15万円かけてる。そういうところはきっちりしてる。

僕はつねに焼け野原の中で生きている感覚でいるってことなんだと思う。いつも天変地異や何か大変なことが起こってる状態なんだ。それが鬱ってことであるし、躁状態でもある。どんなに平和な世の中に見えても、僕の中は戦時中みたい。でも、いのっちの電話で、人も同じだって確認もしてる。焼け野原で生きるためにはなんでもしなきゃいけない。ただ書いてればいいわけじゃない。焼け野原の状態には言葉が必要だし、色彩は必要だし、心を落ち着かせるために音楽が必要だ。その状態でもお前はやるのか、その状態でやってると思って行動してみたら、究極に大変なことになっても行動するんじゃないか。3．11以降、みんなが立ち止まってるときも僕は興奮してしまって行動してたけど、あれを無様だとは思わない。どんな状態でも僕はああやってパニックになりながら、それでも創造が体を前に進めてくれるってことを感じてる。パニック上等でやってます。

アキンドくん、という人格

もちろんお金が必要ってときもある。そういうときはすぐに「アキンドくん」が顔を出す。そのアキンドくんだって、僕の分裂している人格の一つを担ってるから、アキンドすること自体も一つの作品だとアキンドくん自身は思ってるんだと僕は思う。この分裂する、違うことをし続ける、しかも一発屋で終わることを恐れないで、次もやったことないことを一発だけやれるのは、アキンドくんがしっかりしてるからかもしれない。ほんとアキンドくんには助けられてる。

僕の絵の展示では、一応、定価を付けて売ってるんだけど、実は、人によって値段が違うの。そんなことギャラリーに所属してたら不可能。人の顔見て、その人の懐事情に合わせてどんどん値段を変動させちゃう。そんなことをやっていても、資本主義下でっていうか、投資目的になってしまった今の美術の世界じゃなかなか生き抜いていけないけど、僕は他のこともなんでもやっているおかげで、それが不思議なことに実現できてる。だから本当にお金がない人はびっくりするほどの価格で絵を買ってる。でも、その人ってお金がないだけじゃん。目はとてもいいわけ。いい絵を選んでくれて、しかも何百枚って絵を丁寧にみて、お金もないのにほしいって僕のところに言いにくる。そんなやりとり、おそらく世界のどこでもやられてないんじゃないかな。でも同じ日に、何十枚も定価で買ってくれた人もいる。つまり、それは販路が増えてるってことだと僕は思ってる。僕にとって大事なのは、高い値段で売れることじゃなくて、いろんなタイプの売り方を見つけ出すこと。ここに、「アキンドくん」がちょっと顔を出してるね。アキンドくんは僕のことを一発屋だなんて思ってないし、中途半端が悪いとも思ってない。いろんな人間と付き合うようにしてるってことなのかも。同じものを売るだけでも無数にやり方がある。そうやって、新しい現実を現実の中ですら見つけ出そうとしてる。それがアキンドくんかも。アキンドくんはいつも「売り方は僕が考えるから、お前たちはとにかく次をつくれ。次をつくらないとどうにもならない。売れなくてもいいから、次をつくれ。次をつくったら、僕はどうやってでも売るよ」と言う。アキンドくんがつくる側に回ると、つい売ることばかり考えてしまって、人が喜ぶことを先に考えてしまって、うまくいかないらしい。だから、つくるときはアキンドくんは顔を出さない。

アキンドくんの独り言

坂口がすごいんじゃない。俺がすごい。俺がやれば別に誰のでもなんでも売れる。俺はとにかく冷静に見て、その人間がどうやったらうまく「働く」のかってことをずっと考える。しかも無償で。俺は別に物欲も何もない。そのかわりにその人間に寄生して、生きるっていうか、生きられるはずがないのに、生きられるんだから、いくら労力を払っても払いすぎじゃない。坂口はほっとくと使い物にならない。だから、俺がいなくなると、すぐ鬱になるだろ。でも、最近じゃあいつも鬱でいるときに新しくつくる方法を見つけて、どうにか切り抜けてる。でも、それだって売るのは俺だから。

『0円ハウス』の前に「貯水タンクに棲む」ってビデオ作品を坂口は作った。1999年の話。これが俺が最初に売り込んだ作品。坂口は渋谷区のど真ん中にあるアパートの廃墟で、屋上に貯水タンクがあるのを見つけて、そこに住めないかって考えた。俺はアイデアは出さない。出すのはいつも坂口だ。坂口は何人にも分裂してるらしいが、明らかに俺はそいつらとは別のところにいる。そのアイデアを出したのは坂口の中の一人だ。アイデアを出すやつは物静かなタイプ。でもそいつじゃ行動は起こせない。で、躁状態の元気な坂口が行動する。そうやって、坂口は連携プレイでなんとか作品を作ってる。そうやって注目を浴びたりして、人からなんとなく見捨てられないと思わせて、それで生き延びてるやつだ。会社なんて行かないとか言ってるが、あいつはそういう場所ではまずもって使い物にならない。「貯水タンクに棲む」で俺はちょっとヒントを伝えただけ。「建築学科の課題で図面を描くのはあたりまえでつまらん。目立たない。だから、ビデオを参考資料として提出するんじゃなくて、メインディッシュにしろ」ってことだけ。模型も図面も作らずにビデオだけ提出させた。坂口が言ってたことは「もう建物はいらない」ってことだったんだから、それを徹底させたほうがいいわけ。で、思うつぼで、ビデオ作品だけ提出するやつなんかいるわけないから、坂口は発表する機会を得て好成績を収めた。金にはならなかったけど、とりあえず俺は自己投資のつもりで方法を伝えたってわけ。おかげで受験もせず授業料も払わずに大学院の学生と同じ研究に没頭することができたんだから、結局数百万円で売れたってことでもある。

ずっと目立つことやってたら、それで良かったのに、坂口は俺のやり方が気に食わないって言いだした。もう新政府なんかいいって。熊本に来て仕事もないのに、新政府でどうにか生き延びたっていうのに贅沢なやつだ。だから最近はまた稼ぎ方が全然変わってきた。人のことを取材して、それを書いてお金にするのも嫌なんだって言いだす始末。昔は俺の言うことを素直に聞いてたが、最近はまったく聞かない。テレビにも出ろって言うのに、全部断っちゃう。それで毎日、わけがわからない、あっちの世界だとかトンネルだとか言って、意味もわからない文章ばかり何千枚も書いてる。少しは売れる絵ってのは誰が描いたのか一発でわかるもの。1枚高い値段で売れるとバカな金持ちがあれと同じものがほしいってギャラリーにお願いするわけだ。だから、みんなシリーズにして同じ画風の違う絵を何枚も描いて商売してる。でも坂口は、毎日違う絵ばかり描いてて、ちっとも誰が描いた絵かわからない。しかも、歌まで作りだして、毎日無料でアップロード。聴きやすくなるようにちゃんとスタジオで録音してくれりゃもう少し売れるってのに、全然修正もしない、歌詞も一番だけ、俺に反発してるのか、とにかく俺が売りにくいものばかり作ってる。そうやって静かに毎日作ってるのが好きらしい。でもそれで食っていけなくなると、俺が人間でいれなくなるってことだから、俺も仕方なく、必死に方法を考えてるってわけ。でも、おかげで俺の技術は向上してきた。本を書いても、ほとんど売れない本だから印税はたかが知れてる。文芸誌に枚数売りしてくれたらまだいいんだが、人と約束して原稿を書くのが嫌だからってまたわがまま言ってる。だけど、坂口はとにかく枚数だけは書く。締め切りなくても本は仕上げてくる。だから年間3冊くらいはできあがる。それで300万円くらい売り上げれば御の字。売るところはある。なければ俺の得意の売り込みで初めてのところに体当たりする。まぁ絵はかなり大きい。それでもみんな値段をまけてくれってうるさい。坂口はそれでもいいですよ、とか笑顔で対応してる。そんなわけで、厳選して絵を選んで売っても金にならない。でも坂口は枚数描く。だからそれを全部持ってって毎度の展覧会で数百枚の絵をいっぺんに見せる。手でめくって見せる。そうやって1枚数万円の売上げをとにかく積み重ねる。俺は地道なんだよ。坂口じゃバカ売れは期待できない。依頼にも応えない。だから坂口がつくるあらゆるものを、あらゆる種類の人たちに売る。販路も分裂させて、価格も分裂させなきゃいけない。方法はいくらでもある。最近は、坂口がやってることの意味も少しはわかってきた。面白いと思うようになった。俺もバカみたいに目立つ方法じゃなくても、ちゃんと食ってく分はしっかり稼げる方法がわかってきた。最近じゃもっと潜めって坂口に注意してるくらいだ。人の意識に当てて興味を持ってもらうよりも、無意識にコッンコッンと当て続けるほうが息が長いってことも知った。2000枚の小説をどうやって売るのかを今やってる。俺の腕次第。次に売るものがあるってこと。それが一番大事。俺は「つくる」坂口からちゃんと離れて邪魔をしないようにしてる。本当は他に2、3人坂口みたいに売り込みをしていきたい。でも、俺は坂口の体を使うしかない。坂口自体は人と関わるのが好きじゃない。

天性の商売人として

こんな働く男もなかなかいない。フーちゃんを、一度も金で困らせたことないからね。こんだけ金のことどうでもいいって言いながらも。正直言うとね天性の商売人なの多分。先祖に商売人がいたんだろうね。と言っても別に会社起こしてない奴でしょう。自分でちゃちゃちゃちゃとやって、自分でやったことや絵とか適当にお偉いさんのところに持って行ってこれでちょっと金くれ、とかそんな感じよ。

サラリーマンより大変だけど

僕も多少は目立たないと。やりたいことだけで食えるぞ、って。だけど、食うためには、毎日10枚は書けよって。そっちのほうがサラリーマンより大変なんだけど。こんなこと言うと小説家からクレームくる。そんなのできたら、なんにも問題ないですよ、って。でも、僕自分の仕事しはじめて、もう収入1億円超えてんのよ。生み出してる、しっかり。僕の仕事で1億円ってギャグだよ。いけんだなあと思って。ズルしてないしね。何で、どれくらい稼いでるって全部言える。アキンドくんは俗物の塊だけど、アキンドくんに助けられてる僕もいる。

6

僕の散歩と伴走者

日課の散歩

今は、朝起きて、家の書斎で原稿を書いて、ご飯作って、散歩する。街をうろうろするのが、僕には健康にいい。ただ、日課の散歩は、誰とも会わずにもくもくと歩くんじゃなくて、いろんなところに寄って、人と喋ることにしてる。ただし、会いすぎると「もらう」から、もらわないために3分くらいしか話さない。ウルトラマンのように、立ち去ってしまう。熊本では、周りのみんなも僕のこの行動をちゃんと理解して受け入れてくれてるような錯覚さえしている。不思議な街だよね。陶芸も編み物も、自宅の周りで全部できる。本屋もあるし、街が僕の脳みそみたいなもの。僕はよっぽど退屈する人だよ。ほんとにいいもんじゃないと反応しない。熊本はその僕が大丈夫な街。

街のみんなのことを、僕は自分の会社の社員みたいなイメージで思ってるんじゃないかな。でも、はじめは誰もいなかった。僕は高校時代から熊本を離れてしまって、東日本大震災があって戻ってきた。今では伴走者がたくさんいる。僕の周りの沿道のやさしい人たちっていうか。熊本だと、年齢も関係なくおじちゃんともおばちゃんともちゃんと話せる。それが、またここちよくなるんだよ、なんだか知らないけど。東京ではないことだと思う。『家族の哲学』(2015、毎日新聞出版)で熊日文学賞をもらってよかったのは、熊本の人が僕のことを全員認識したってこと。ここじゃ、どんな人も「あー恭平さん!」ってなる。鬱のときは家から1歩も出ずにじっとしてるけどね。出てくると、あ、元気になったんすか、って言われる。

散歩コースの定番

散歩をはじめたら家から歩いて1分の長崎次郎書店で新刊本をちらっと見て、これも家から歩いて3分の文林堂で画材を買う。僕の「恭平」って名前はここの店主だった丹邊恭平さんってもう亡くなった人からもらったんだけど、もともと細川藩が江戸時代に連れてきた移住組の人たちがはじめた店で、染物屋をやったあとに旅館に変わって、そこに来た文人のために文房具を揃えて、今は文房具&画材屋になってるんだけど、品揃えがすごくてね。長崎次郎書店の横の八百柿って小さな八百屋も小さいのに、食材はどれも一級品で、店主が目利きなんだよね。僕が今料理を習ってる竹花いち子さんも八百柿の野菜とか果物見てびっくりしてた。このあたりはもともと市場だったってことも移住してきて初めて知った。全然ゆかりのない場所だったんだけどね。ただ偶然選んだんだけど、今ではここしかないって場所になってる。僕の家を中心にペンギン村みたいに、なんだか豊かなお店が並んでる。それも僕の躁鬱気質にとってはありがたいよね。とにかくお店が大事だから。多様な刺激のために店を巡って、あれこれ品物を見るだけで健康になる。というわけで歩いて行けるところに名店が揃ってる。文林堂から歩いてさらに5分行くと橙書店があって、そこで休憩しつつ朝書いた原稿について久子ちゃんと少し話す。

田尻久子ちゃん

橙書店の田尻久子ちゃんは、世界中で唯一無二の僕の読み手、Reader。毎日僕の原稿を読んでいる。面白いと褒めてくれる。でも久子先生は厳しい。舐めた原稿書くと、ちょっとだいじょぶ？ってなるわけ。だから、毎朝書く前に僕は、超緊張してる。久子ちゃんは知らないかもしれないけど。最近は久子ちゃんも、何も言わないけどね。僕も感想を求めてない。もう『現実宿り』（2016、河出書房新社）くらいから、書き止まるってことがない。それまでは、どうかな？って書いてる途中に止まったりしてた。それは、本にしようとしてたからじゃないかな。もう今はない。

本になんかならなくていい、と思って書いてるからね。本にしようとする気がない。とか言いながら本にする気満々だよね。でも本にならないかもってギリギリのものが作りたい。久子ちゃんは「なんでもいいから書きなさい」って言う。自分で判断するなって。中にあるんだから、外に出しときなさいって。

久子ちゃんとの初対面は2014年くらい。渡辺京二さんに来いって言われて、橙に行くと紹介してくれた。僕の躁状態を目の当たりにして「俺が俺が」って感じの、なんか偉そうな人が来たって思われちゃった。僕もこの人に嫌われてるなって感じた。そういう察知能力速いから。気にしいだもんね。でも京二さんは、ちゃんと会いなさいって言うから、もう1回会いに行って、ちょうどそのとき『家族の哲学』を閃いたから、ここで原稿書いていい？って言ったら、どうぞって言ってくれた。京二さんは、僕と久子ちゃんで熊本に文学シーンを作りなさいって言うんだよ。でも僕は自分がときどき会いたい人に会うで十分。

渡辺京二さん

渡辺京二さんを教えてくれたのは、『独立国家のつくりかた』（2012、講談社現代新

書）の編集の川治豊成くん。京二さんの最高の第1作である、『熊本県人』（言視舎）っていう本を僕に贈ってくれた。それで、熊本の偉人とか文化を全部知った。江戸時代の林桜園もその本から。ある日、舒文堂っていう明治からやってる古本屋が熊本にあって、そこから出版してる、『桜園先生遺稿』（舒文堂河島書店）を買って、喫茶店、タイムレス（現在は移転）で読んでた。すると渡辺京二さんらしき人が入ってきた。京二さんでしょうって声をかけた。偶然だった。そのあと、熊本日日新聞の正月対談をしたんだよ。企画したのは、浪床敬子ちゃんっていう熊日の記者で、今デスク。早めに僕の感覚を感じてくれて、連載まで持ってってくれた人。連載の間に原発が壊れて、新政府立ち上げまで全部新聞に載っけてくれた。彼女は、石牟礼道子担当の記者で、僕に道子さんを紹介してくれた。

橙書店〜熊本市現代美術館〜さかむら〜亀屋

橙書店のあと、歩いて熊本市現代美術館に向かう。ここのキッズファクトリーという場所を今、僕の作業場として開放してくれてて、2023年にここで個展をやることになってるんだけど、それまでダメって言われなければずっと貸してもらえることになってる。そこで絵を描いて、そのあとは「さかむら」って骨董と喫茶をやってる店に行って、坂村岳志くんに描いた絵とか、作った器、ガラスや織物なんかを見せる。坂村くんは骨董の目利きで、華道もやってて、とにかく繊細な目利き。それで作ったものを見せるわけ。僕は愚鈍なところもあるから、ちょっと繊細な人に見てもらうと参考になることが多い。坂村くんも厳しい目をしてる。またそこから歩いて行ったところに陶芸家の平沢崇義くんが亀屋という工房兼店舗をやってて、陶芸でわからないことがあると聞きにいく。崇義はとても優しい。

美術関係のものを作ると、東京・虎ノ門でギャラリー「CURATOR'S CUBE」をやってる桝村旅人くんにも見せる。今は描いた絵を毎日見せてる。旅人も厳しい。緊張するけど見せる。でも気負わず、とにかくこっちは楽しく作る。それをプロに見てもらう。僕、あんまりいろんなこと考えないほうがいいもの作れるから、そういうところは人に任せてるってことかもしれない。基本的に一つの作品それ自体を芸術だと思ってないところがある。僕はそっちの道は無理なんじゃないかな。何か他の道があると思う。なんでもやる人、でもそれらがつながって何か空間とか時間が生まれたらいい。そういうことはなかなか相談できない。だから、自分のやってることを細分化してそれぞれの分野で、それぞれに人と付き合って、見てもらってるのかも。でも、それは同時に躁鬱のために必要な作業でもあって、いろんな分野の人と付き合うと、自分の分裂が穏やかに混ざってくれるからいいんだよね。僕は一人でやってるとすぐに人生終わりだ、もう死にたいみたいな思考回路に入りやすいから。一体、なんでだろね。そういう一つの思考回路はダメだよって体から警告されてるのか。

あっこ先生

「あいむ毛糸店」にあっこ先生をたずねたりもする。雑誌「ポパイ」の連載「ズームイン、服」で、あっこ先生を取材してから編み物をはじめた。後輩から、めちゃくちゃ編み物がうまい人がいるって聞いて、取材したら、とんでもない人だった。あんな人、はじめて見た。あそこまで完璧な幸福を持ってる人を。彼女に会ってから僕の体調は快方に向かっていった。毎日ひたすらつくるっていうのを、もっと、さらにできるようになった。言うなれば、料理本『cook』（2018、晶文社）のもとはあっこ先生にある（P256）。

　あっこ先生はお金ないわけよ。毛糸だけで食べてる。それなのに、お客さんに編み物を教えてあげてお金も取らない。昼間はお店におばちゃんたちが集まってきてて、僕もいるわけ。みんなあっこ先生を尊敬している。あっこ先生はやりたいことが毛糸だから、6歳からずっと82年間、それをやり続けてきた。北海道の炭鉱にいたんだけど、そのときもきっと辛かったと思うんだよ、雪山だし。それも全部、他のいろいろ辛いことも全部、編み物で乗り越えた。寂しさをすべてそれで紛らわしたって言ってた。うわぁと感動して、僕もセーターやってみようってなった。うまがあったんだろうね。仲がいいよ。

都市空間＝頭の中

そうやって熊本の家の周辺で、作っては見せるということができるようにしてる。自分の頭の中で収めるんじゃなくて、それを都市全体に散らばらせるっていうか、僕の問題を、街に住むいろんな人や場所に浸透させるっていうか、脳みそと同じ時空間を都市の中に作ろうとしているのか、いや、脳みそこそ、都市みたいなもんなんだから、僕自身の考えなんかはないと考えようとしているのか、いつも通り、それらは混ざり合って、行き交ってる。いつも僕は行き交う。やっぱりここでもトンネルなのかね。

山野潤一さん

振り返れば、17歳のときに会った、サンワ工務店っていうところの社長・山野潤一さんのやり方が僕の根元にある。

僕は小学生のときに自分の机を使って巣みたいな物を作ってた。机の下に布団を敷いて卓上ライトを持ち込んだだけなんだけど、そこから見える風景が全然違って見えた。同じ子供部屋なんだけど、視線を低くして、自分の体の周りを机と布団で覆うだけでまったく違う空間になった。そのことに驚いた。そのときに親父が、「建築家」という仕事があるって教えてくれた。そして、何もわからず「建築家」を目指すことになる。どんな建築があるかすら全然知らなかった。

高校生になって熊本の街を歩いていて、いくつか気になる建築を見つけるようになった。それはどれも店舗だったんだけど、古い蔵を改装しているものとか、錆びた鉄が表面を覆っているものとか、インド風の喫茶店だったり。路地にそんなお店が立ち並ぶようになって熊本の街並みが少しずつ変わってきているときだった。しかも、気になったお店を設計した人は、全部同じ人だった。ぜひ会いたいと思って、人づてに紹介してもらった。それがサンワ工務店っていう設計施工する店をやっている山野潤一さん。

自分の手でなんでもできる！

教えてもらった住所に会いにいくと、工務店という名前からは想像できない空間がそこにあった。まず戦闘機が1台止まっていた。聞くと、それは本物で、福岡空港がまだ米軍基地だったときに、輪切りにされて鉄屑屋に置かれていたらしくて、それを買い取ってきて、修復したらしい。その他にも、古い電灯や木枠の窓、ドアノブ、家具なんかがずらりと並んでいて、全部捨てられていたり、解体工事したときにもらってきたものだと山野さんは言った。山野さんはいろんなゴミとして捨てられていたものを、別の目で見て、価値を見出して、宝集めをしていた。山野さんは見ただけでなんの木かすべてわかるほど、木のことも理解していた。「こうやって集めたものはもっとある」と言って、車で、しかもその車もベンツが作った軍事用の戦車みたいな車で、連れて行ってくれたところが、山の中にある1500坪くらいの広大な土地だった。そこには古い蔵を解体した部材が一つずつ丁寧に並べてあって、さらに集めたライトや家具なんかもたくさんそこにあった。秘密基地っていうか、武器庫みたいにも見えた。敷地の中には鉄工所があって、そこにズベさんという鍛冶屋が暮らしていて、廃材となった鉄を転用していろんなオブジェを作っていた。それが17歳のときに受けた衝撃。どれも独自の視点で、自分たちで見つけてきたもので、一つ一つの作業に意味があった。自分の手でなんでもできるって高校生の僕に思わせてくれた。のちに山野さんとズベさんは合体して『徘徊タクシー』(2014、新潮社)の世界に登場することになる。

山野さんの仕事の仕方

山野さんは、どんなことにも興味を持って、どんな細部にもそれぞれの物語を見つけて、関わる人たちの選び方も、頼み方も独自に考え抜かれていた。山野さんが依頼する水道屋、ペンキ屋、電気屋さんもそれぞれ一癖ある人たちばかりだった。そのときはそんな言葉は知らないわけなんだけど、「オペレーティングシステム(OS)」がしっかりしているというか。何かを作りたいってときに、ただ何も考えずに木材屋で部材を買うんじゃなくて、どこかで見つけてきたものを転用する。しかも、転用するときには本物の大工が昔ながらの手法でやる。山野さんの集めた宝の横では年配のそれこそおじいちゃんみたいな大工さんたちが働いていた。みんな昔ながらの人で、釘も使わず木釘で作る。その融合がすごかった。山野さんは電線一つも気を抜かない。電灯の傘はどれを使うか、電球はどれを使うかって、カタログに載ってない品物を、独自に集めて使う。

19歳のとき、バイクで熊本から東京まで旅行したんだけど、僕は60年代の古い50ccのバイクを拾ってきた。山野さんはすぐに古い車やバイクを修理する職人を紹介してくれたし、荷台がなかったから、ズベに作ってもらえ、って言われたので頼みに行ったら、気に入った鉄くず見つけてきたらそれで作るよって言ってくれて、僕はハート形の背もたれのついた椅子を見つけた。すると、ズベさんは背もたれの部分だけ切り取って、穴を開けて、ボルトを締めてバイクの荷台にしてくれた。山野さんはさらに、旅のためにアラジンの古いガスバーナーを貸してくれたり、ベトナム戦争で使ってた米軍のパイロットのヘルメットを、普通のヘルメットより頑丈だからって貸してくれた。

僕は建築家になって建築を造るって仕事をするようにはならなかったけど、この山野さんの仕事の仕方ってのは今でも参考にしているところがある。

伴走者たち、みんなで飛びたい

高校生のときに、早稲田大学の石山修武さんに会いたい、って思って、獲物を定めて、まんまと合格した。それで、会いたい人には会えるんだってことがわかった。それからも、会いたい人には会えてた。でも、会ってその人の全部を見てしまうと、面白くなかったりする。でも、今熊本には僕が歩いてるだけで、次つくるものについて意見交換できる人がいる。賢者が近所にいる。日課として彼らを訪ねて、時間がたてばたつほど、発酵して面白くなる体験を、分かち合っている。ちょっとずつ変わっていくぞ、ちょっとずつ面白くなっていくぞって僕は彼らを刺激している。もちろん彼らの場所を使わせてもらって、ありがとうってのはある。僕が冗談のように、素人のようにはじめてることがちょっとずつ、動いてきて、すっごく大きなものにもなっていく瞬間とかを一緒に味わいたい。熟成されていくわけよ。4年後僕の展覧会見たら、みんなドーンと飛ぶんよ。そういう瞬間が好きだからね。僕はいっつも一人でそれを味わってるけど、それは一人で味わわなくてもいいんじゃないか、っていうのが最近の考え方。

散歩して人に会うのは、僕にとっての都市計画なの。ふつうの建築家の都市計画ってさ、道と建物しか作らない。僕はそこで生きる人間もふくめたうえでの都市計画だから。僕はこの街の案内人。僕が紹介する熊本はなかなか味わえない。そういう奴が文人であるってことよ。とか言ってすぐ鬱になって引きこもるけどね。

作品評でカイロプラクティック

散歩の中で作品を見せて、何か言われてもプライドを傷つけられることはない。僕の考えはないから。とは言いつつ、落ち込みはするけどね。でもまた見せにいく。なんでなのかな。それは僕の強みでもあるよね。

目がいい人がいるのを見つけたとき、むちゃくちゃ嬉しくなる。僕なんかほんとに適当だから。見る目がないって言うか。絵もバカみたいに描けるけど、これも自分で描いてるっていうか、ただ手が動いてるだけだからね。文章だってそう。だから、その膨大な中から、どれがいいとか、悪いとか選ぶことができないんだろうね。これがいいところなのかダメなところかすらわからない。だから、いつも僕はわからない。もちろん、何か言われたからってそのまま変えるわけでもないんだけど。結局、いい、って言ってるところしか耳に入れていないのかもね。僕の場合、とにかく手当たり次第やってるわけだから、大半がしょうもないのは当然。それでもそんな中から光るものがあるのかないのか、知りたいのはそれ。光るものがないって言われても、当たり前。そのかわり、どんな作品を作っても捨てない。自分で判断しない。自分でダメと判断しない。いいも判断しない。僕はわからないけど、実は体はわかってる。その体がわかってることを、周りの友人に聞いて知ろうとしているのかもしれない。人に会うことでカイロプラクティックにもなる。ここが痛いとかそういうことじゃない。全体で、今大丈夫かな、違和感ないかな、みたいなのを、人に作品見せて確認してる。

室町時代とか、安土桃山時代くらいのイメージでやんないといけない。あとは飛鳥時代くらいの勝手なイメージが、散歩してると出てくる。その時代の評価って目利きだけでしょ。久子ちゃんが、京二さんがいいって言ってくれたらいい。

僕は下手なまま

伴走者＝目利きたちは、僕に足りない30%をつねに補ってくれる。僕は単純にモノを知らない。だから、こういうのがいいよって教えてくれる。僕は勝手にやってるわけ。教えてくれるほうは、モノの洗練されてきた歴史を知ってる。でも僕には僕の歴史がある。僕の作品には、初めてその方法をみつけた奴の味がある。手癖になる前の何かを見つけた人たちのオリジナリティの歴史が、僕なの。僕にオリジナリティがあるわけじゃない。僕はその真似ができるだけ。その器用さが僕には、やたらと備わってる。こっからさらに製品化したり、たくさん売るとなると全然ダメだけどね。下手うまの「うま」にしない。下手なままやるっていうか。覚悟のある所作で、やるしかない下手だから。

ダメなところも見せる

こんなやつが世の中にいたのかって思わせるのが好き。そのためにも人の変な癖を真似しない。自分の型を身につけるために、自分で努力する。誰の下にもつかない。で、かつ、一番難しいことを誰よりも簡単にやってるように見せる。内幕も見せる。裏表ないようにする。SNSで毎日、僕が何してるかわかるわけじゃん。人が「俺も褒めたい」っていうくらいの環境まで、持っていく。芸術家っていうのは、どっかしら自分のことを考えちゃってるから、自分のダメなところを見せられない。

でも、僕は隠さない。隠す作業、だんまりができないだけなんだけど。密閉された状態でモノをつくる。あれは僕ダメ。気持ちよくないんだよね。かっこいいかもしれないけど、気持ちよくない。

真似ができないことを、みんなに実感してもらうために全部見せてるところもある。真似してみるとそこで初めて、「おわ、難しい！」ってなって、もっとやってみよう、がんばりたい、って気分になる。結局これは、教育でもある。僕の勝手な、僕なりの啓蒙啓発運動。

でも、ほんとはだんまりすればするほど、モノは売れる。人は謎に対してお金を払う。ただ、僕は謎はないですよ、ないですよ、って言い続けているから、言えば言うほど謎ができていく。醸し出ていく。

褒め方の角度によって、それぞれの芸術家にいいところがあるけど、みんな「どっか」だけだよね。多面性がない。僕は完全な多面体っていうか、多面体という形にもなってないような状態になりたい。多！　ジャスト多に。

7
つくれ、抵抗せよ

僕にはなんにもない

自分でいいものを作ったら、それで返りがあがってくるのが、当然だよね。でも今はそういう世の中じゃない。そして、そういう状況になっているのを、みんな忘れちゃってる。やばいよ、そんな世の中は。会社ではぜったい自分の能力以上のことをやらされないでしょう。時間だけ拘束してどこまでも働かせるけど、その人の中にある未知のものには目を向けない。それでも定額給料は払ってやるってこと。金が必要だから、みんなやってる。ミュージシャンも同じ状況。定額で給料を支払われて、なんのためにやってるのか。彼らもサラリーマンになってしまっている。それは会社が悪いとか国家が悪いとかじゃなくて、多くの人が、一つしかないと思い込んでる現実がさらに迫ってきてるからだよ。この現実をどうにかしなくちゃって考えるより、もうどんどん別の現実を立ち上げないといけないと思う。

サラリーマンの多くが動けなくなってるってことを、僕はいのっちの電話でずっと聞いてる。合わないと思っているのに、月から金まで働けるというのは、病気でしょう。なぜ毎日出勤しなければならないかと言えば、上が統制するために必要なだけ。シュメール人が言ってる。

強制なくしては、定住は成り立たない。避けられない状況があるからこそ、働く者は甘んじて人に使われ、川も氾濫するのである。

ブルース・チャトウィン『ソングライン』（北田絵里子訳、英治出版）

毎日出社できるほうが変なんだよ。でも変ってことに気づけてないっていうか、気づかなくていいんだって、感じだよね、世の中は。僕みたいな躁鬱病者は、定住した世界では、使えないやつだから「病気」と言われるけど、こっちこそ病気ではないんだよ。

僕はサラリーマンみたいな働き方を全部、回避、忌避してるから、嫌われる。そもそも会社っていうのが、なんか遅いんだよね。会社でつくるんじゃなくて、自分でつくったほうが早いじゃん。すごくシンプルなことだよ。「は？ あんた才能があるからできんでしょ」って非難される。僕は前からやってんだよ。なんもないときからやってる。お前が僕のことを知らないときからずーっとやってるんだ。そういうこと言ってくるやつは、それ以上考えないんだよね。今だって、なんにもない。小説も依頼もされずにただトンネルになって書いているだけだし、自称新政府内閣総理大臣で、精神障害者認定受けてて、なんにもない、ナッシング。評価されていないことになっている。そこが大事。そうじゃなかったら鼻につくじゃん。僕が強いのは、血筋も馬の骨で、かつ誰よりも不安だって言ってるわけじゃん。なのにもかかわらず強い。僕は、演じていない。嘘はついてない。ただの愚かな人。実際弱さもみんな知ってるしね。弱いと言えば弱い、強いと言えば強い。僕はふつうの人なんだと思う。

つくれ、歩け

この現実っていうのは、つくることを忘れさせる。つくるというのは、抵抗すること。わたしにはできない、と思わせる。これが現実が唯一の世界であるために大事なんだ。水道管は引けない、ガス管は引けない、電気は無理ですとか。それが、現実装置だってことよね。それに対して僕は抵抗してる。

つくるってことの中で、まず、書くことは実は誰にでもできる。だって誰でも言葉を使っているんだから。『cook』（2018、晶文社）という料理本を出したけど、極限では、あれも書くことと同じことで、つくることについて書いた本なんだ。食べなくていい、食べさせなくてもいい、食欲がなくてもいい。とにかく料理すればいい、作ればいい。拒食症の人もできる、作ったのは猫にあげてもいいし、近場の人にあげてもいい。あげれば人から喜ばれる。そういう「手首から先の運動」が抵抗になる。これは、ドゥルーズやミシェル・フーコーからもきてる考え方なんだ。権力は（国家からご近所まで至るところで）いつのまにか従わせて、人を動かして、それ以外のことをできなくさせると彼らは言ってるんだと思う。そして、できなくさせるのに対する抵抗として、知とか文学を論じているみたい。でも、僕はあえて「つくること」と広く言いたい。

散歩もいい。これも「手首から先の運動」と同じ。なぜなら僕たちは昔から四足歩行してたんだから。手と足は同じもの。だから四足全部動かすと思考がはじまる。手を止めても足を動かすと思考がはじまる。足を止めても手を動かせば思考がはじまる。

喜びの根源

つくるとは、喜びが失われてるっていうことに対しての抵抗でもある。ベルクソンは、不確定な領域を持ってるのが、人間の根源的な喜びにつながってると言ってると思う。喜びの根源は創造にある。喜びがその完成を教えてくれる。そうやってつくったものは他人の評価など必要としない。そのためには、やっぱりきつい作業とかがある。「手首から先の運動」を奨めるのは、芸術運動なのかもしれない。僕はただ生きてるだけだけど。つくることで、その不確定な領域を感じる。鬱になったら24時間苦しいと自分のことを否定し続けるわけだけど、つくるという行為に転換させた瞬間にその24時間はつくるための時間に変貌していくからね。これは芸術家だからつくるとか、普通に働いている人だったらつくらないとかじゃないってこと。苦しくないならつくる必要はないと思うけど、苦しいと感じてるなら、実はその喜びの時間がもうすでにそこにあるってこと。家にこもってばかりいるって卑下するなら、もっと家にこもって、黙々と机の上でつくり続ければいいんだよ。何をつくればいいかって、みんなそこがわからないとか言う。昨日も電話で、2年も仕事に就かずに実家にこもってる40歳代の男の人が電話をかけてきて、いてもたってもいられない、でも家の外には出られないし、家にいても落ちつかないって言うわけ。

「何か好きなものない？　とりあえず実家にいれてるんだから、せっかくならあと3ヶ月はこもって、なんか面白いことやってみようよ」

「でもなんにもないです」

「そりゃ、漠然としてたらそうなるよ。鬱なんだから。自分のこと24時間悩んでるでしょ？」

「はい。他のことは面倒臭いのに、自分を否定することだけはなぜか寝ても覚めてもやってますね」

「それ力だからね。まずはやること見つけよう。まず質問。とっても可愛い人のおっぱいと新鮮なキャベツ、この二つが目の前にあったらどっち選ぶ？」

「えーっと」

「おっぱいじゃないの？」

「キャベツですね」

「いい感じ。そうやって、選ぶんだよ。キャベツと本だったらどっち？」

「えっと。本です」

「今度は選ぶの早い。なんの本が好きなの？」

「本は好きで読んでたんですけど、もう何もかも記憶がおかしくなってて何が好きだったか忘れてます」

「いや、それ忘れてるんじゃなくて、僕の経験から言うと、外から情報を入れたくない状態なんだと思うよ。だから忘れたって否定しなくていいよ。今、思いつかない、今は読むときじゃないってこと」

「じゃ、なんのときなんですか」

「本って、どんな種類の本を読んでたの？　哲学書とか？」

「えっと、あ、哲学じゃなくて小説です」

「えっ、小説なの？　じゃあわかった。多分それ、今だったら小説書けるよ」

「えっ、書いたことないです」

「でも、このまま24時間悩むのと、24時間小説書くのどっちがいい？」

「それはやっぱり書くのです。でも何を書けばいいのか」

「そんな中身なんか考えなくていいんだよ。まずはお試しだから。今、悩む力が炸裂してるから、それつまり考える力だから、自分のことに向かわせずに、内に向かっていく方法の一つが小説を書くってことだから。僕にとっては。悩む＝つくるにする」

「でも何を書けばいいか……」

「目を瞑ってごらん。何が見える？」

「何も見えません。頭が動かないんですよ」

「だからそっちに行かないで、それは自分のことを考えてるってこと。何も見えないのは今の現実のあなた。でも、よーく見てみてよ。そっちのあなたはそこにいる。本当に真っ暗？」

「ぼんやりとしてはいます」

「それ、明かりかも？　どんな明かり？　白熱灯？　蛍光灯？」

「蛍光灯です」

「見えてんじゃん。一つ？」

「一つです」

「もうそこに世界あるから、そこの様子を、会話文とか登場人物とかどうでもいいからひたすら自分の感覚に忠実に書き記してみて。それだったら書けるでしょ」

「あ、はい……」

「それがつくるってことだよ。悩むより良くない？」

「今から書きます」

「書いたら送ってよ」

「はい。ありがとうございました」

ゼネコンをゆさぶりたい

別に僕は社会システムを打倒するつもりはない。さっき、会社でつくるのを否定したけど、大量生産品にも、いいものはあるでしょう。僕も好きなものはたくさんある。ただし、いいものっていうのは、作り手がちゃんと、つくっているもの、ちゃんと作り手のタッチが入ってるものだと思う。僕は、そういう意味では民藝運動の人とかとも何か通じるところがあるのかもしれない。

建築の仕事をするんだったら、むしろゼネコンとやってみたい。僕が建築設計して、ゼネコンが建てる。そのときに、僕がどれくらい手を入れられるのかって実験してみたい。僕の師匠の石山修武はそれをやってた。ゼネコンに頼みながら、全然ゼネコンを無視したような、作業を混乱に陥れるために、芸術を入れていく。彼の影響は強い。

僕の抵抗としての「つくる」には、社会システムをちゃんとふるいにかけるとか、ゆさぶりをかけるとか、そういうイメージがある。ゆさぶるとばらばらになる。そういう物理的な感覚。社会学とか、人文学的な思考回路じゃなくて、どっちかっていうともっと物理とか。簡単に言えば料理だね。今の現実を変えるとか、良くするとか考えるんじゃなくて、料理してみようと考えてみる。そこにはいいも悪いもない。ちょっとマジカルなもんじゃん料理って、ほんとは。魔法は使えないけど、料理ならできる。そんな感じで動いてみる。

手首から先の運動

僕がすすめている、書く、料理する、編みものするとかいう「手首から先の運動」は、もともと神田橋條治っていう精神科医が推奨してたことのパクリなの。

人間の脳は直立して手首から先を使うようになってから発達したので、手首から先を複雑に使うような仕事は健康にいいし脳を発達させるんです。で、どんな作業があるかね、ていうと、ほとんど家事なんです。

神田橋條治ほか『発達障害は治りますか?』（花風社）

もとは芸術運動とかじゃなくて、健康のためのもの。神田橋さんは、みんなの健康のために、薬を飲まないで、とにかくなんでも、健康のためにいいことを考えてる。異端扱いされているけど、ただの賢い人だと思う。僕には、神田橋さんのやり方が、中井久夫さんより全然治る。神田橋さんの言うことは、患者の目線からすると、やってみようと思えるんだよ。それだけでいい。レメディーとかホメオパシーとか、ああいうのもやろうっていうわけ。べつに大した金かかんないんだしさ、自分で調整できるし、薬飲むより全然いいじゃん。そういう考え方に、結構影響を受けてる。実際に僕は神田橋さんに診察もお願いしてるし。批判をする人もいるけど、精神病自体が謎で、なんだかわかんないんだから、なんでもやってみようとするほうがいいじゃん。

日課という自分の管制塔を持つ

原稿、料理、編み物、散歩、僕は日課をいくつも持ってる。日課があるとスケジュールも計算しやすい。次の展覧会に、300枚出す、とすると、5月開催だから、今2月で、3、4月の3ヶ月で、月100枚。それを日割りすると、1日3〜4枚かなあ。月算120枚。絵は小説よりなんにも考えないでできるから、原稿のあとに絵は描けるな、とか。編み物は、あんまり人と会いたくない、元気じゃないときがいちばんいい。散歩をして人に会う「外回り」が日課になっている時期には、なかなか編み物はできない。もう少し穏やかなときに編む。

調子が悪くなるのは実はいいことで、日課の作りどきなんだ。体の中でクーデターが起きているということで、管制塔が弱まってるサイン。かなり小さくてもいいから中央管制塔を、ちゃんと作る。そして管制塔を駆動させるときに、世の景気であるとか、社会情勢とか、外側の状況でコントロールするとよくない。それはコントロールパネルを誰かに委ねることになってしまう。自分で操作できなければ、まずい。ぶれない管制塔を、自分で建設する必要がある。ゼネコンに頼まないで、自分でやる。そう考えると、僕にとって日課作りは、建築的な感覚でやってるのかもしれない。

ルーティン学校の設立

ただし、なかなか日課を見つけられないなら、僕が相談にのりたい。だから、ルーティン学校というのをはじめた。日課を僕と決めて、定期的に報告してもらう活動。1年間親友として付き合うっていう僕の練習でもある。いのっちの電話ともちょっと違う。死ぬ死なないからもっと前に進むのにちょっと付き添わせていただきます、っていう。僕の趣味だね。人に何かしてあげたい。自分のよさとか、自分の持ってるものって自分でなかなか評価できない。褒め慣れてないから。僕はそれ得意だよ。任せたらどうかな。

いのっちの電話にかけてくる高校生にも言ってる。すべての人生を計画しろ、僕のやり方を教えてあげるぞ、何をやっていかにして稼ぐかまで全部計算しろ、混沌に負けるぞって。混沌は、ナチュラルだから、陥るのは当然なんだよ。打ち勝つために、コンクリートで建物を建ててもダメ。全然ふつうの小屋のほうが保てる。地盤が揺れることを認識して、壊れてもすぐ直せるようなセッティングをしておく。かつつねにそこらへんにあるもので、材料を揃えることができる、金をかけない状態にしておく。金なんかないような世界も来る。そういう住居感が、僕の哲学と合体してるんだろうね。生き方と現実的な家の建て方がリンクしてる。

僕がさらに推奨してるのは、日課を仕事にしてしまうこと。まず1年続けたらとんでもないことになる日課を探す。1個1時間だとすると、365時間。ミラクルしか起きなくなる。僕は「カワチ」に毎日6時間で100日、計600時間で、2000枚書いちゃった。トマス・ピンチョンも絶対毎日やってる。あの人はたぶん、むっちゃ書き直すんだよ。ありえないくらい元の原稿は長いよ、きっと。

これからは、いのっちの電話についての「09081064666」、詩集（河出書房新社）、「首長入門」（文藝春秋）、『cook』の続篇である「write」（晶文社）、それから「カワチ」（未定）、とりあえず決まっている本の企画は今それくらいかな。一本一本書いていく。でも、結局今までの流れだとそのうちで生み落とせるのって2本くらい。5本あったら。3本くらいは結局また次の作品に持ち越しって感じになる。

昔は、夜2時間ごとに起きてた。それでもあんだけ仕事できてたから、今、日課やりまくって健康になってきてるから、これから結構ちゃんと作品できちゃうのかもしれない。危ないくらい。年間7000枚くらい書くんじゃない？　毎日原稿を書く修行がどこまでいくかね。

そして家事へ

それで今は家事に夢中になってる。きっかけは妻が3週間くらい入院して、やらなくちゃいけなくなったこと。夜9時に寝て、朝4時に起きて、普段ならすぐ原稿書くところを、朝ご飯を作って、子供たちを起こして、学校行く準備させて、送って、洗濯して、掃除して、ベランダの花に水やって、洗い物して、虫と魚に食事をあげて、昼飯作って、お見舞い行って、帰ってきて、部屋の掃除して、夕食作って、子供と一緒に風呂入って、夜9時に寝てって生活はじめたら、これが面白くて仕方なくて。新しいやることを見つけたから楽しくなったんだろうけど。あー、これは家事だ。家事ですべて変わるわーって思って、家事についての本を書こうとしたけど、妻が退院して帰ってきたら、もちろん妻がやってくれるようになって、でもそうすると、妻のやり方と僕のやり方が少し違うから、僕はうまく手伝えなくなって、本当にこういうところが融通きかないんだけど、なかなか環境の変化に対応することができなくなって、鬱になった（笑）。だから、家事全般は今はやってない。そのかわり、僕は1日3食作るのを担当するって決めて、妻にはそれ以外の家事をお願いしている。『cook』のときは病気療養中だったから、一人分の食事しか作ってなかったし、原稿の仕事もほとんどやってなかったからすぐできたんだけど、今は家族4人分の食事を3食作りながら、朝原稿書いて、昼絵を描いてる。なかなか大変。だからすごい疲れてる。でも、鬱にはまったくならない。毎日、作った料理の写真を撮影して、コンビニでプリントアウトして、毎日、貯《ちょ》作業ノートって名付けて4ページの日記を書いてる。これ、本当にすごいかもしれない。「1日3食作ろう会」って、グループでも作ったらいいかもしれない。そうやって、みんなで何を作ったか、毎日の記録を見せ合ったりするだけで、本当にこの世に躁鬱病なんかなくなるんじゃないかって妄想しちゃうくらいの効き目がある。みんなも試してみてほしい。それでも困って死にそうになったらすぐに電話してきてほしい。確かにこうやって助けたくなったりするところはとても躁状態っぽく見えるかもしれないが、いのっちの電話は2012年からやっていて、もうすぐ丸8年になる。

本当に死ななくてよかった

いろいろあれこれ言ってきたけど、基本的にこの本は編集の加藤くんに熊本に来てもらって、3日間泊まり込みで僕と一緒に過ごしてもらって、そのときに録音したことが元になっているので、とにかく支離滅裂だ。僕の言うことは本当に信用ならないと人に伝える前に、僕が自分の言っていることを一切信用していない。しかし、そのときに言ったすべての言葉は僕というトンネルを通過してきたもので、どれ一つも嘘がない。だから矛盾していようが、ちょっと調子に乗りすぎだろうが、僕の言葉であることは間違いない。そして、今も、また別のある一人の僕がいる。だからこの僕が結論づけることはできないし、今、突然、ここで何かまとめろと言われても、僕にはなんのことやらわからないから、僕はただ今感じていることだけを言う。

　本当に死ななくてよかった。正直何度も生死をさまよってきた。そりゃそうだ。元気なときはなんでも言葉に出てくるし、どんな行動でもやっちゃうのに、鬱になるとまったく別の人間が出てきて、全否定するんだから。そりゃきつい。ほっといて、寝ておけば、すぐに治るから、別に躁鬱病なんて死ぬ病気じゃないんだから寝ておけと言われても、その間が本当にきついので死にたくなってしまう。そうやって、数多くの人々が自殺してしまっているのも事実。だからこそ、僕は救命措置を考えなくちゃいけない。しかも、どこにもマニュアルはない。どんな医学書を読んでも方法は書かれていない。どうやって、マジで死にそうなときに切り抜けるのか誰も知らない。だから、考えるしかなかった。そうやって書くという方法が生まれた。はじめは違った、はじめは僕も自分が病気で苦しんでいること、実は死にたいと思っていたことを隠蔽していた。だから、必然的に文章もそういうことは匂わせずに、できるだけ殺菌して、書いていた。それがもう我慢できなくなってきた。覆い隠すことができなくなってきた。そういうところから僕のやり方を見つけ出す試行錯誤がはじまった。しかし、気づいたら、その一番きついときにこそ、次の作品を生み出すきっかけとなる、情景があることに気づいていった。しかも恐ろしいことに、楽しみなことに、いややっぱり恐ろしいことに、そこには僕の知らない世界が、僕が今までの時間に培ってきたものとは別の世界、それもまた現実と僕はのちに呼ぶようになっていくが、それが広がっていることに気づいた。

体は揺れたまま、赴くままに動いている

鬱を肯定したいわけじゃない。鬱は本当にひどいもんだ。人を死に追いやる。でも同時に、鬱は「自分が思考している」ということが思い込みであることも教えてくれる。つまり、鬱のとき、人は「新しい現実」に触れる。そこにも誰かが暮らしている。人じゃないかもしれない。でもなんらかの生き物であることは確かだ。しかもその生き物は僕じゃなかった。僕じゃないものと僕は出会ってしまい、だからこそ書くようになった。そこでのことを書こうとすればするほど、こちらの現実とは整合しない。新しい現実のほうでは平然と、植物が、鬱蒼としていた。それが気になって、僕はトンネル掘りをするようになっていく（つまり、これが書くということ）。同時に自分がトンネルであることも気づいていく。僕は毎日、バカみたいに日課をこしらえて、日々同じことを続けた。しかし、そのたびに体はトンネルに変化していった。掘るたびにまた1歩トンネルに近づき、気づくと、僕はトンネルそのもの

になっていて、穴なんか掘ってないことに気づいた。これも全部例え話だから、きっとその都度変わる。あ、これ何か説明しようとしてるからおかしいんだ。そして、すぐ飽きちゃうんだ。飽きない方法なら知ってる。飽きたらすぐに次の違うことをやるってことだ。それが一番飽きない方法だ。飽きない方法を見つけると、とても体が軽くなる。僕は素直にまわりを見てる。まっすぐじゃなくて、キョロキョロしたままで、体も揺れ動いたまま、赴くままに動いている。

新しい『まとまらない人』

で、今は何がしたい？

今はまたこの本を頭から全然違う語り口で言い換えたい。まったく違う本にしたい。絵も入れて、音楽だって入れて、このための短編映画も入れて。映画にはこの本のために作った彫刻が出てきて、僕が作った織物で服を作って、それを着た坂口族の人間が、茂みに隠れている。風を読みながら、あたりを伺っている。その映画に出てくるすべての建築物を設計したい。そこには一つの大きな街が出てくる。その街すべてを設計してみたい。街の路地を抜けていくシーン。カメラはブレながら、雑踏の中に入っていく。露店の親父の声、砂埃、子供たちが叫び声をあげながら、通り抜けていく。確かに僕には見えている。しかし、それをうまく伝えることはできない。それどころかこの本を読んでいる人々はまったく別の街をそれぞれに立ち上げている。そのそれぞれの街すらも映像にしてみたい。街がいくつも無数に重なっているシークエンス。8ビットのゲーム音楽みたいなオープニングテーマ。街には実際に楽器を持った楽団による生演奏。足音が、バラバラにそれらの音に混ざり、緊張を高めていくかと思った途端に集中は途切れ、音は拡散し、それぞれの街並みは分かれていく。劇場ごとに違う街の様子が流れている。どこにどの街が上映されているのかわからない観客は外に出ていく。そこに現れた知らない街。映像になっているだけじゃない。外に出た途端に見るその街も僕は設計した。観客ではなくなった人間たちはそれぞれに街の路地に入り込んでいく。さっきと同じ音が。8ビットじゃない、誰かの口笛だ。かすれている口笛を吹きながら、机の上で足を交差させて少年が本を読んでいる。別に何も起きていない世の中。現実ではいつものようにいつものことが進行している。誰も死んじゃいない。少年の頭の中ではパニックが、街が揺れている。地震か何かわからない。揺れているのに、誰も気づかずに、家屋は壊れているのに、いつも通りの喧騒が。少年は静かに本を閉じて机の上に置いて部屋を出て行った。扉が開くと途端に街の喧騒が聞こえてきた。口笛はまだ聞こえている。だんだん音が大きくなってきた。ノイズも入ってきた、電子が動き回る音、地面が揺れる音、人々の叫び声、それなのに、誰も何も起きていないように平然と歩いている。カメラは本の表紙を写した。タイトルは「まとまらない人」と書いてある。本を開くと、突然音がすべて鳴り止んだ。

という本を今から書きたい。

というかそれを今からやればいい。

あなたは今、何がしたい？

あとがき

みなさんお疲れ様でした。疲れたでしょ。

でも読んでくれてありがとうございます。


本当に信用ならないことばかり話している。

嘘もマコトも同じように入り込んでいる。

でも、実際に僕が元気なときはこのように話していることは確かだ。読み返しながら、何度も落ち込んだけど、それでもこういう言葉を普段、元気な僕は口にしている。だから、この本のように考えていることは間違いはない。それも含めて、僕は自分を信じることはできないが、信じたくないだけで、結局、このような自分であることは知っている。

小説を書くときは文中にも出てきたように、トンネル状態になっているので、こんなふうな言葉は出てこないんだけどね。

でも、これが僕の2019年のある一瞬の真実であることは間違いないので、受け入れることにした。

でも本当にこれからもどうなっていくのかまったく予想ができない。

いのっちの電話に出て、今にも死にそうな人々の嘆きの声を聞きながら、いつも僕が思うのは、ごめんと思いつつ「あー、僕よりはマシだなあ」ということだ。僕は鬱のとき、結構、とんでもないところに落ち込んでいく。だからこそ、元気なときは、今まで色を知らなかった人が、世界の色という色を目にしたときみたいにすべてが喜びと可能性に変わり、すべてが複雑に、でも一つにつながって、何もかも実現できると思える。

それはそれでいいところなのかもしれない。

あとでしっぺ返しもすごいけど。

認めたくはなかったが、この本は僕の正直な気持ちのまま、自然に出てくるまま、僕の言葉が出ている。話し言葉ってやっぱり変だ。でも、もともと話し言葉しか世の中になかったわけだからね。やっぱり話し言葉こそが大事なのかもしれない。それをこうして本として文字にすることが大事なのかはわからないけど。この本の僕自身による朗読をアップしたのでそれも聞いてみてください（詳細はリトルモアのｗｅｂサイトを参照してください)。

僕はとにかく悩んでいて、先日もまたこもって苦しんでた。

でもまた書いたもん。絵も描いた。作ったからまあいいじゃないかと思うことにしている。僕はやっぱりつくることが好きなんだと思った。

そして、今にも死にたいと思っている人にも、僕がどうにかしのいでいるやり方が何か少しでも伝われば幸いである。楽しく人生を謳歌している人にはまったく不要な本だと思う。まあ、でもただ能天気にそう感じている人はいないですもんね。いのっちの電話をして、みんな大変なんだって本当に身にしみて感じてます。

でも、だからって絶望じゃないからね。

こんな僕でもなんとかなるもんだし、だからってすごろく上がりってわけでもないし、時間は続くよどこまでも。もちろんいつか最後には死ぬんだろうけど、なんなら1歩も外に出られなくなっても机の上で死ぬまで書いてやるぜ、と思っている。

ほんとまとまりのない人間、どこに向かうか何も確信がないまま、ただ目新しさを求めて、知らない自分のことを探し続けて、いつまでたっても上達もせずに、でも狡猾だからどうにか食いつないでいる。野生動物みたいにスッキリしてるわけでもなく、毎日ぎゃーって叫びたいけど、しっかり社会の中の人間、現実の中の人間としておさまってる。気をとにかく遣ってしまうから、自宅で家族といるときですら、結構気にしながら生きている41歳の僕ですが、それでもなんとかやれるもんだ。つくってるおかげだと思う。みんなにつくれと僕は言っている。それぞれの健康をつくれと言っているつもりだ。死ぬくらいなら、つくれと。ただ死ぬなって言っても仕方ない。それより僕はつくれと言いたい。でも本当に困って自分じゃ何も考えられなくなったらすぐに090－8106－4666に電話してください。

そのときに、本の感想でも言ってくれたら、励みになります。

何度もこんな本出したくないって駄々こねて迷惑かけた加藤くんもありがとう。

そして、僕に関わってくれて、この本に登場してくれてるおそらく実在している人たちにも感謝を。

そして、今日も生きて、やっぱりつくろうと思う。自分の現実をつくるべし。それが一番っていうよりも、そうやって、どうにかこのなんだかどんどんヘンテコになっていく現実と決別し、同じ土俵なのに、同じ世界にいるのに、上の空で歩いていると指さされつつも、気にせず飄々と（でも超気にするタイプですが）ぶっ飛んでいたいなと思う。

それではまた。

いつでも連絡できるので、ちゃんと死ぬ前に電話かけるんだよ！

俺なんて死にたいなんて考えたことないよ、なんでそんなこと考えるんだって人も、いつ何が起きるかわからないから、バカにせずに僕の電話番号メモっておいてください。

読んでくれた皆さまの健康をお祈りいたします。

また会いましょう。

2019年8月28日　自宅書斎にて

坂口恭平

まとまらない人

坂口恭平が語る坂口恭平

2019年11月27日　初版第1刷発行

著者　坂口恭平
写真　石川直樹（帯）
編集　加藤基
発行者　孫家邦
発行所　株式会社リトルモア
〒一五一-〇〇五一
東京都渋谷区千駄ヶ谷三-五六-六
TEL 〇三-三四〇一-一〇四二
FAX 〇三-三四〇一-一〇五二
www.littlemore.co.jp
印刷・製本所　中央精版印刷株式会社

著者自身による本書の朗読を配信中。
詳しくはリトルモアのwebサイトまで。

乱丁・落丁本は送料小社負担にてお取り換えいたします。

ISBN978-4-89815-514-1 C0095